스켈레톤 마스터

WISHBOOKS GAME FANTASY STORY
더페이서 게임 판타지 장편소설

스켈레톤 마스터 6

더페이서 게임 판타지 장편소설

초판 1쇄 찍은 날 | 2018년 11월 16일
초판 1쇄 펴낸 날 | 2018년 11월 23일

지은이 | 더페이서
펴낸이 | 예경원

기획 | 위시북스
편집책임 | 이규재
편집 | 위시북스

펴낸곳 | 예원북스
등록번호 | 제396-2012-000132호
등록일자 | 2012. 7. 25
KFN | 제1-335호

주소 | 경기도 고양시 일산동구 호수로 646-24 위너스21II빌딩 206A호 (우)10401
전화 | 031-819-9431 팩스 | 031-817-9432
E-mail | yewonbooksnaver.com

스켈레톤 마스터
6
WISHBOOKS GAME FANTASY STORY
더페이서 게임 판타지 장편소설
Wish Books

스켈레톤 마스터

··· CONTENTS ···

제1장
백인대장

"호오, 자네였군."

"반갑습니다."

"그래, 토벌대에 참여한 건가?"

"네."

"확실히 예전보다 강해진 것 같아서 안심이 되는군. 마침 자네에게 부탁하려고 했던 일도 토벌 지역과 관련이 있는 일이었으니까."

"토벌 지역이요?"

"그렇다네. 이야기를 들어보겠나?"

퀘스트가 토벌과 관계가 있다면 받아서 나쁠 건 없었다.

"물론이죠."

"좋군. 실은 젊은 적 여행을 함께 다녔던 친구가 있었다네."

그의 이야기가 이어졌다.

함께 다녔던 친구는 의협심이 강했고 약자를 도울 줄 알았다. 강한 힘을 지녔으나 약자를 핍박하지 않았고 언제나 그들의 편에서 힘을 실어줬었다.

언제까지나 대륙을 누빌 것만 같았던 친우가 죽어버린 위치가 이번 토벌 지역이었다.

"그렇게 죽을 친구가 아니었어. 분명 무언가가 있을 거야. 어떤 것이라도 좋으니 의심이 되는 것을 찾아봐주게."

"최대한 노력하겠습니다."

"고맙네."

동시에 퀘스트가 바뀌었다.

[흔적을 찾아서]

[미개척지대 머슈란에서 의심되는 무언가를 찾아라.]

[성공할 경우 : ?]

[실패할 경우 : 크락슈의 호감도 하락.]

두루뭉술한 퀘스트였지만 상관없었다. 실패해도 큰 타격이 없었고, 발견한다면 좋은 것이니 집착할 필요는 없다고 여겼다.

"그럼 다음에 보자고."

"예."

이후 기다리고 있는 성민우에게로 향했다.

"퀘스트는?"

"받았어."

좀 전의 퀘스트를 성민우와 공유하려 했지만, 되지 않았기에 간략하게 설명을 해줬다. 이야기를 들은 성민우가 미간을 찌푸렸다.

"너무 어렵잖아, 힌트도 없고."

"그렇지."

"쩝, 고생해라."

마침 둘의 차례가 되었다.

"용병패를 주십시오."

무혁과 성민우 두 사람이 용병패를 건네자 직원이 기계로 스캔을 했다.

뒤이어 떠오른 정보를 확인했음인가.

"으음."

직원이 탄성을 내뱉었다.

"두 분이서 클리어하셨군요."

"네."

"고생하셨습니다. 이건 확인증입니다. 절대로 잃어버리시면 안 됩니다."

"물론이죠."

대답하며 확인증을 받았다.

[특수 퀘스트 '미개척 토벌대 참여'로 이어집니다.]
[특수 성과를 달성했습니다.]

떠오른 메시지를 읽은 다음 확인증을 인벤토리에 넣었다.

일루전 채팅방은 오늘도 활발했다.

-확인증 받으셨죠?

-그럼요.

-제가 아는 지인이 있는데 그 사람은 특수 성과를 달성했다고 하더라고요.

-특수 성과가 뭐죠?

-글쎄요. 지인도 자세한 내용은 없다고…….

-혹시 다른 받으신 분?

…….

대답이 없었다.

-아무도 없나 봐요.

-그러게요. 나름 한가락 하시는 분이 많을 텐데.

-특수 성과라…….

-과연 보상이 뭘까요?

-별거 있겠어요?

-그래도 궁금하긴 하네요.

-저두요.

　그들의 호기심은 이틀 후 오후 6시 무렵에 해소되었다. 카이론 백작이 용병 길드로 직접 행차해 수천 명의 유저 중에서 단 22명만을 앞으로 부른 것이다.

　"특별한 기준을 충족한 이들에게 직책을 하사하겠다."

　그러면서 한 명, 한 명을 불러 직책을 언급했다.

　"십인대장으로 임명하겠네."

　"가, 감사합니다!"

　"십인대장으로 임명하네."

　"감사합니다!"

　20명의 유저가 십인대장으로 임명되었다.

　남은 둘은 무혁과 성민우였다.

　"백인대장으로 임명하겠네."

　"아, 감사합니다!"

　성민우가 뒤로 물러나자, 마지막으로 무혁만 남았다.

　"오랜만이군."

　"네, 백작님."

"자네를 다시 만날 것 같았는데, 내 예상이 맞았군."

카이론 백작이 웃었다.

"아무튼 고생했네. 자네 역시 백인대장으로 임명하겠네."

동시에 메시지가 떠올랐다.

[특수 성과에 달성에 따른 보상을 습득합니다.]
[백인대장 직위를 습득합니다.]

글귀를 음미할 틈도 없이 뒤에서 들려오는 웅성거림에 미간이 찌푸려졌다.

"아는 사이인가 본데?"

"와, 백작이랑 안다고?"

"도대체 어떻게?"

그때 용병 길드장이 앞으로 나서며 발을 굴렀다.

쿠웅.

소리가 울리자 다들 입을 다물었다.

뒤이어 카이론 백작이 나섰다.

"이번 토벌은 아주 중요한 사안이다. 내 비록 직접 참여하지는 않으나 나의 수족과도 같은 자를 보낼 것이다. 공을 세울 경우 확실한 보상을 지급하도록 언급을 해놓았으니 모두들 최선을 다하도록 하여라."

그가 뒤로 물러나고.

저벅.

중무장을 한 기사가 나섰다.

"난 부단장, 커크다. 지금부터 인원을 나누도록 하겠다. 각 십인대장은 앞으로 나오도록."

십인대장 스무 명이 앞으로 나왔다.

이후 커크가 유저를 지목하여 그들의 앞에 줄을 서도록 지시했다.

"너희 앞에 있는 열 명이 십인대장, 너희가 지휘해야 할 자이다."

"아, 네!"

"다음, 백인대장은 앞으로 나서라."

무혁과 성민우가 나서자 그들의 앞으로 십인대장이 열 명씩 줄을 섰다.

"십인대장은 앞으로 자신의 앞에 있는 백인대장의 지시를 따라야 할 것이다."

"예."

"백인대장에겐 내가 직접 지시를 내릴 것이다."

"알겠습니다."

그 순간 메시지가 떠올랐다.

['기여도 시스템'이 활성화됩니다.]

곧바로 시스템을 확인했다.

[백인대장(무혁)]
소속된 자들의 기여도(0.5퍼센트)를 추가로 획득한다.
[현재 기여도 : 0]
[추가 기여도 : 0]

현재 기여도는 무혁 본인의 기여도를 의미하고 추가 기여도는 무혁에게 소속된 유저들이 기여도를 올릴 경우 획득하는 기여도를 말한다.

0.5퍼센트라고는 하지만 그 수가 100명이 넘기 때문에 절대로 무시할 수 없었다.

"나머지는 내가 직접 인솔하겠다."

상황이 정리되었을 즈음.

쿠웅.

갑자기 지면이 울렸다.

쿠웅, 쿵.

저 멀리서부터 일단의 무리가 대열을 갖춘 채 접근하고 있었다. 이번 토벌에 함께 참여할 기사 50명과 경험을 쌓기 위해 투입된 견습 기사 천 명이었다.

완전 무장하고 말에 탑승한 기사 50명은 그 자체만으로도 장관이었다. 그 뒤를 따르는 무장한 견습 기사들의 질서정연

한 모습 역시 감탄하기엔 충분했다.

"정지!"

선두에 선 기사단장이 외쳤다.

우뚝.

다들 멈춘 가운데 기사단장이 다가왔오자 커크가 그의 앞으로 다가가 절도 있게 무릎을 꿇었다.

"오셨습니까."

"그래, 준비는?"

"끝났습니다."

"좋군."

기사단장, 뮤크가 등을 돌렸다.

"이번에 인솔을 맡게 된 뮤크다. 이곳에 모인 모두는 딱 한 가지만 명심해라. 토벌이 목적이긴 하나 목숨을 우선시하길 바란다. 견습 기사들 역시 마찬가지다. 이번 토벌을 성장을 위한 밑거름으로 삼아라. 죽음은 절대 있어선 안 된다. 그 과정에서 미개척 지역을 조금이라도 점령할 수 있다면 그 성과는 정말 대단하다고 할 수 있을 것이다. 그리고 지시는 커크를 통해서 전달하겠다. 알겠나?"

유저와 견습 기사를 바라보는 눈빛에 절로 압도되었다.

"다시 묻겠다, 알겠나?"

"예!"

"알겠습니다!"

견습 기사들의 목소리가 우렁차게 울렸다.

기사단장 뮤크가 유저를 나눴다.

반은 견습 기사의 앞쪽에, 반은 후미에 위치시켰다. 백인대장인 성민우와 무혁이 갈라지는 것도 어쩔 수 없는 일이었다.

"출발한다!"

이윽고 토벌대가 움직였다.

엄청난 규모의 인원이 위브라 제국의 남문을 통과했다.

아래로, 또 아래로 내려갔다.

"흐음."

기사를 제외하곤 전부 걸어서 이동하고 있었기에 속도가 더뎠다.

나도 계속 걸어야 하나?

무혁은 고민하다가 커크에게 다가갔다.

"부단장님."

"음? 아, 백인대장이군."

"네."

"무슨 일인가?"

"저한테 특별한 기술이 있는데 마음대로 사용해도 되겠습니까?"

"특별한 기술?"

"예."

말을 소환한다는 말은 하지 않았다. 사실 견습 기사도 말을 타고 있지 않은 상황이었는데 백인대장이 말을 탄다고 하면 조금 고깝게 볼 수도 있으리라.

그래서 교묘하게 말을 비틀었고 허락이 떨어지면 특별한 기술이 뭔지 보여줄 생각이었다.

기사인 이상 한 번 내뱉은 말을 쉽게 취소하진 않을 테니까.

"카이론 백작님과도 아는 사이인 것 같으니 피해가 되는 행동만 아니라면 허락하겠네."

"감사합니다."

무혁은 곧바로 스켈레톤 군마를 소환해 올라탔다.

그 모습에 커크의 눈이 조금 커졌다.

"호오, 소환을 할 줄 아는가?"

"네."

"뼈로 된 말이라, 좋은 능력이군."

"감사합니다."

"뭐, 백인대장이니 괜찮겠지. 마침 두 마리이니 앞선 백인대장에게도 잠시 빌려주는 게 어떻겠나?"

"그러겠습니다."

잠시 앞으로 향해 성민우와 나란히 이동했다.

"헙, 뭐냐?"

"너도 타."

"응? 다들 걷는데?"

"기사는 타고 가잖아."

"그거야 기사니……."

"허락받았으니 상관없어."

"진짜?"

"어."

"오, 그럼 감사히 타야지."

성민우가 말에 올라탔고 잠시 대화를 나눈 무혁은 너무 오래 자리를 비운 것 같아 후미로 돌아갔다.

자신을 바라보는 유저들의 따가운 시선이 느껴졌으나 무시했다. 어차피 백인대장이 된 이상 관심은 불가피했으니까.

다그닥, 다그닥.

후미에 도착한 무혁의 곁으로 한 명의 유저가 다가왔다.

십인대장, 한주먹이었다.

"무혁 님?"

"네?"

"네크로맨서세요?"

"맞아요."

"와, 뼈로 된 말이라니. 처음 봐요."

"그런가요."

어색하게 웃으며 대답해 줬다.

"레벨은 몇이세요?"

"그리 높진 않아요."

"에이, 그럼 백인대장이 되는 게 불가능했을 텐데요?"

"하하……."

무혁이 귀찮은 표정을 드러냈으나 한주먹은 좀처럼 떠나질 않았다.

재잘재잘.

쉴 새 없이 입을 놀려댔다.

"그래서……."

"네."

"이러해서……."

"네."

한주먹의 이야기를 한 귀로 듣고 한 귀로는 흘리기를 반복하며 30분 즈음 나아갔을 때.

"다들 정지!"

뮤크가 외쳤다.

"정지!"

뒤를 이어 견습 기사들이 따라서 외치며 걸음을 멈췄다.

"지금부터 아야크 산맥을 넘을 것이다. 전투 대열로 전환하도록! 나타나는 몬스터는 보이는 즉시 사살한다."

토벌대에 참여한 모든 유저에게 메시지가 떠올랐다.

[토벌대 참여 퀘스트가 발동합니다.]

[아야크 산맥을 넘어라.]

[몬스터를 처치하거나 처치에 도움을 줄 때마다 기여도 상승.]

드디어 만들어졌다, 기여도를 쌓을 수 있는 환경이.

긴장감이 흐르는 고요한 진격이 이어졌다.

크륵, 크르르.

얼마 지나지 않아 아야크 산맥에 서식하는 몬스터들이 모습을 드러냈다.

"몬스터다!"

"흐아압!"

유저들이 돌격했다.

무혁은 군마에서 내리지 않고 바로 활시위에 화살을 걸어 몬스터를 겨냥했다.

풍폭, 강력한 활쏘기.

파앙!

쏘아진 한 대의 화살이 놈의 미간에 박혔고.

럭키!

크리티컬이 터졌다.

[기여도(0.7)가 상승합니다.]

[기여도(1.4)가 상승합니다.]

대미지 100마다 기여도가 0.1이 상승하는 것 같았다.

흐음, 꽤 낮게 오르네.

생각하고 있는데 메시지가 쉴 새 없이 떠올랐다.

[추가 기여도(0.0025)가 상승합니다.]

[추가 기여도(0.003)가 상승합니다.]

…….

무혁은 호기심에 기여도 현황을 확인했다.

[백인대장(무혁)]

소속된 자들의 기여도(0.5퍼센트)를 추가로 습득한다.

[현재 기여도 : 2.1]

[추가 기여도 : 0.715]

정말 미미한 수준이었다. 하지만 이렇게 무혁이 전투에 참여하지 않고 있는 순간에도 추가 기여도는 계속 오르고 있었다. 이렇게 계속 쌓이면 결코 무시할 수는 없을 것 같았다.

"허어……."

1.1점, 1.2점, 1.3점…….

무혁은 다시 고개를 들었다. 조금이지만 몬스터가 오히려 더 늘어난 상황이었다. 하지만 견습 기사들은 아직 움직이지 않았다. 움직일 필요가 없다고 여기는 모양이었다.

그렇다면야.

무혁은 이곳에서 기여도를 최대한 뽑아먹기로 결정했다.

먼저 스켈레톤을 소환했다.

"스켈레톤 아처 소환, 스켈레톤 메이지 소환, 스켈레톤 전사 소환."

전사가 돌진하고, 아처가 사방으로 뼈 화살을 날렸으며, 메이지는 먼 거리에 있는 몬스터를 향해 마법을 뿌려댔다.

[기여도(0.2)가 상승합니다.]

······.

메시지가 너무 많이 떠오른 탓에 기분은 좋았으나 집중이 되지 않았다.

무혁은 시스템을 열어 메시지를 차단했고 시야 아래로 떠오르던 작은 글귀가 사라지고 나서야 본격적으로 전투에 집중할 수 있게 되었다.

풍폭, 강력한 활쏘기. 바람이 깃든 화살이 허공을 갈랐다.

5분도 걸리지 않아 전투가 끝났다. 유저 수보다 몬스터가 적었기 때문이다.

무혁 역시 아쉬운 마음에 혀를 차며 활시위를 풀었다.

그때 부단장 커크가 외쳤다.

"10분간 휴식!"

대열로 돌아간 무혁은 자리를 잡고 앉아 일회용 제작 도구를 꺼냈다.

10분이면 충분하지.

망치를 휘둘러 단검을 만들기 시작했다.

카앙!

많은 이가 관심을 기울였지만 집중한 무혁은 그들의 시선을 느끼지 못했다.

타앙!

한 방, 한 방에 진행도가 가파르게 상승했다. 철뭉치에 망치가 닿을 때마다 모양이 변화했다.

카앙!

또다시 망치를 휘둘렀고.

"후우."

무혁은 거친 호흡과 함께 완성된 단검을 들어 올렸다. 그러나 옵션을 확인한 그의 표정이 썩 밝지는 않았다. 거의 팔리지 않는 수준의 단검이 만들어진 탓이었다. 아쉬운 마음을 뒤로하며 인벤토리에 단검을 넣었다.

'참, 기여도.'

서둘러 현황을 확인했다.

[현재 기여도 : 91.7]

[추가 기여도 : 42.2]

눈이 절로 커졌다.

"허어."

총합이 무려 133.9였다.

순위는?

안타깝게도 지금은 알 수가 없었다.

미개척 지역으로 들어서거나 혹은 뮤크가 확인을 하고자 할 때만 순위가 공개되는 모양이었다.

순위를 눈으로 보지는 못했지만 무혁은 직감적으로 느낄 수 있었다, 본인이 1위일 가능성이 높다는 사실을.

물론 앞으로의 사냥이 많이 남아 있어서 그때까지 1위를 유지할 거라는 보장은 없었다. 언제 어떤 돌발 변수가 나타날지 모르는 법이니까.

하지만 자신은 있었다. 몇 가지 방법도 있고.

"휴식을 마친다!"

마침 커크의 목소리가 울렸고 다시 모두가 몸을 일으켰다.

"스켈레톤 군마 소환."

두 마리의 군마 중 한 마리에게 성민우의 앞으로 가도록 명령을 내렸다. 의도를 알아차린 그가 곧바로 말에 올라탔다.

"출발!"

다시금 걸음을 내디뎠다, 아야크 산맥을 넘어가기 위해서.

중턱으로 향하면서 몬스터의 출현 빈도가 증가했으나 여전히 견습 기사는 움직이지 않았다.

하긴, 아야크 산맥 정도야.

아야크 산맥을 넘어간 이후 본격적인 전투가 벌어질 것이다. 그곳이야말로 진정한 미개척 지대. 몬스터로 우글거리는 전장일 테니까.

[추가 기여도(0.003)가 상승합니다.]
[추가 기여도(0.002)가 상승합니다.]

무혁은 기여도창을 흡족하게 보며 스켈레톤을 지휘했다.

"이번 봉우리만 넘으면 된다. 마지막으로 20분 동안 휴식을 취하도록."

꽤 긴 전투가 마무리되고 뮤크가 말했다. 그러자 무혁의 주변으로 십인대장들이 모여들었다.

"무혁 님."

"아, 네."

"확실히 미개척 지대에 가까워져서 그런지 조금씩 힘들어지네요."

"그러게요."

"참, 그런데……."

"네."

"혹시 기여도가 얼마나 되세요?"

무혁이 희미하게 웃었다.

흐음, 이게 궁금해서 온 거였어?

어떻게 할지 고민하다가 수치를 확 줄여서 알려주기로 했다. 괜히 진실을 밝혀봐야 견제밖에 더 당하겠는가.

"350이에요."

"어, 350요?"

"네."

"그것밖에 안 되나요?"

"추가 기여도 받지 않아요?"

"전 10명 추가 기여도 받아서 총 400인데."

"전 420요."

"어, 전 이제 380인데……."

무혁은 대수롭지 않게 대답했다.

"그렇군요."

"어떻게 된 건가요?"

"뭐가요?"

"아니, 백인대장인데 왜 그렇게……."

"네크로맨서니까요."

무혁의 말에 모두 탄성을 내뱉었다. 네크로맨서가 가지는 한계를 알기 때문이다. 본인 스스로는 할 수 있는 게 아무것도 없고 오직 소환수에 의존해야 하는 직업.

　"그래도 소환수는 많던데······."

　"많은 만큼 약하죠."

　"활도 쏘고······."

　활이란 말에 다른 십인대장이 끼어들었다.

　"네크로맨서가 활을 쏘는데 대미지가 높아야 얼마나 높겠어요. 그렇죠?"

　"네, 맞아요."

　무혁은 덤덤하게 대답했다.

　"아무래도 네크로맨서니까······."

　"그럴 수도 있겠네요."

　대부분이 수긍하는 분위기였다. 물론 믿을 수 없다는 표정을 보이는 십인대장도 있었지만, 굳이 신경 쓸 필요는 없었다.

　"자, 그럼 전 이만."

　무혁은 대화를 끊으며 일회용 제작 도구를 꺼냈다. 이미 목적을 달성한 십인대장들은 아쉬움 없이 몸을 돌렸다.

　그리곤 자기들끼리 중얼거렸다.

　"백인대장은 별거 없겠는데요?"

　"신경 *끄자고요.*"

　"저보다도 점수가 낮으니까요."

"맞아요."

그들을 바라보는 다른 십인대장 한주먹이 피식 웃었다.

"바보들."

그는 무혁을 제대로 살폈기에 알 수 있었다.

절대 약할 수가 없지.

소환수가 무려 29마리다. 그게 정상적인가? 다른 네크로맨 서는 꿈도 꾸지 못하는 수준의 숫자였다. 그러니 평범할 리가 없는 것이다.

또한 무혁과 그가 소환하는 스켈레톤에게 공격을 당한 몬스터는 다른 몬스터보다 빨리 죽었다. 몇 번이나 확인했기에 분명한 사실이었다.

무시하는 순간 너희들은 끝인 거야.

한주먹은 몇 명의 십인대장을 경쟁 대상에서 지워 버렸다. 그리고 다시 무혁을 주시했다.

과연 진짜 점수가 얼마일까.

궁금했지만 아직은 알아낼 수 없었다.

얼마 전 81레벨이 되었던 무혁의 경험치가 35퍼센트까지 차 올랐을 즈음, 드디어 아야크 산맥의 마지막 봉우리를 넘을 수 있었다.

그 과정에서 명상과 죽은 자의 축복, 스켈레톤 군마의 스킬 레벨이 올랐고, 다른 스킬의 경험치도 꽤 많이 오른 상태였다.

컨디션도 매우 좋았다. 하지만 긴장해야만 했다. 아야크 산맥의 마지막 봉우리를 넘는 순간 드넓은 평원을 가득 채운 몬스터 무리가 시야에 들어왔으니까.

몬스터은 각각 평원의 일부 구역을 차지하고 있었다.

가장 먼저 오른쪽에는 고블린이 있었다. 작은 키에 독을 내뿜고 무리를 이루며 다니는 녹색의 몬스터. 한 가지의 차이점만 제외한다면 분명 평소에 알고 있던 그 고블린이었다.

"이상하죠?"

"네?"

"고블린이 검은색이잖아요."

바로 색깔의 차이였다. 흔한 고블린의 흔치 않은 검은색 피부는 묘한 불길함을 안겨줬다.

"그래도 고블린이니까요."

"그럼요."

그래 봤자 고블린이다. 저레벨의 유저도 쉽게 사냥이 가능한 아주 쉬운 몬스터다.

왼쪽에 있는 몬스터는 검은색의 오크 무리다. 중앙에는 검은색의 웨어울프 무리가 있었다.

검은색이란 것만 제외한다면 분명 평소에 알고 있던 몬스터였다, 그리 높지 않은 레벨을 지닌.

이곳에 있는 유저들만 나서도 쉽게 정리가 되리라. 그런데 좀처럼 명령이 떨어지지 않고 있었다.

다그닥.

무혁은 조심스럽게 중앙으로 향했다. 하지만 커크는 보이지 않았다. 단장을 만나러 간 모양이었다. 잠시 기다리니 선두에서 커크가 다가왔다. 그의 옆에는 성민우가 있었다.

"오, 마침 잘 왔군."

"아, 네."

"안 그래도 두 사람에게 할 말이 있었네."

성민우와 무혁은 가만히 기다렸다.

"여기서부터 본격적인 전투를 시작할 생각이야. 앞선 아야크 산맥에서처럼 무분별한 움직임으로는 나아가는 것도 힘들다는 단장님의 판단일세."

의문이 들었다.

"겨우 고블린과 오크, 그리고 웨어울프가 아닙니까?"

"흐음, 자네는 느껴지지 않나?"

"무슨……?"

커크가 고개를 돌려 몬스터를 바라봤다.

"저 불길한 기운이 느껴지지 않느냐는 말일세."

"으음."

사실 무혁도 불안했다. 던전에 입장했을 때 '어둠에 물든'이라는 호칭을 지닌 몬스터를 몇 번 만난 적이 있지 않은가.

그 녀석들은 일반적으로 알고 있던 수준을 훨씬 뛰어넘는 강함을 지니고 있었다.

만약 눈앞에 있는 몬스터 모두가 그런 부류라면?

생각만으로도 소름이 돋았다.

"그러니 이제부터 자네들은 휘하의 십인대장들을 지휘해 주게."

"알겠습니다. 그런데 저희는 이방인입니다."

"알고 있네. 말을 잘 듣지 않겠지. 해서 자네들에게 특별히 즉결 처분권을 주겠네."

"즉결 처분권이라면?"

"말 그대로 자네의 판단에 따라 그들에게 처벌을 내릴 수 있는 권한이지. 다만, 죽이는 건 자제해 줬으면 하네. 물론 한두 명 본보기를 보여주는 건 어쩔 수 없겠지만 말이야."

죽인다는 말을 참 쉽게 내뱉는 그였다. 전장을 경험한 기사이기에 할 수 있는 말이리라. 전장은 죽음이 언제나 곁에 있는 곳이니까.

그런 그가 조금 낯설어졌으나 무혁은 웃었다. 어차피 유저들은 죽어도 죽지 않기 때문이다.

즉결 처분권이라.

꽤나 좋은 걸 얻은 기분이었다.

뭐, 사용할 일은 없겠지만.

"아무튼 고생하게. 나머지 이방인들은 내가 지휘하겠네."

"예."

짧은 대답 후 십인대장들을 불렀다.

"저보고 여러분을 지휘하라고 하더군요."

그들의 표정이 썩 좋지 않았다.

"흐음, 지휘요?"

"네."

"꼭 그 말을 들을 필요는 없지 않나요? 어차피 저 정도 몬스터야 어려운 것도 아니고, 그냥 지금까지처럼 각자 행동하죠?"

"저도 그게 좋을 것 같은데요?"

대부분이 무혁의 지휘를 달갑지 않게 여겼다.

당연하다. 어느 누가 명령받는 걸 좋아하겠는가, 그것도 게임에서까지.

"뭐, 그러시죠."

무혁도 흔쾌히 그들의 의견을 받아들였다.

솔직히 겨우 백 명이다. 이들을 지휘해 봐야 뭘 할 수 있겠는가. 차라리 소환수에 집중하는 게 나았다. 차후에 보고할 때는 지휘에 최선을 다했다고 하면 될 일이었다.

마침 커크의 목소리가 울렸다.

"모든 이방인은 들어라. 지금부터 평원을 차지하고 있는 몬스터를 도륙할 것이다! 그전에 전투 대형부터 제대로 갖추도록 하겠다!"

그가 지휘에 모두 분주하게 움직였다. 몇 분이 지나자 대형이 갖춰졌다.

　성민우를 포함한 2천 명 이상의 유저가 왼쪽에, 무혁을 포함한 2천 명 이상의 유저는 오른쪽에 섰다. 마지막으로 견습 기사가 중앙을 맡았다.

　"돌격하라!"

　5천에 달하는 인원이 진격을 시작했다. 각양각색의 물결이 평원에 자리 잡은 검은 물결과 부딪쳤다.

　강화뼈2가 고블린 전사와 전투를 시작했다.

　캉, 카캉!

　서로 검을 주고받는 치열한 접전이 이어졌다. 높은 체력과 방어력은 기본이었고 절대 무시할 수 없는 대미지를 지닌 강화뼈2였지만 당황스럽게도 고블린 전사 역시 그에 필적하는 파괴력과 움직임을 보여주고 있었다.

　푸욱.

　뒤에서 날아온 뼈 화살이 몸에 꽂혔음에도 놈은 저돌적이었다.

　키아아아악!

　오히려 포효하며 더욱 발광했다.

　하지만 뼈 화살이 또다시 날아왔고 덕분에 강화뼈2가 고블린 전사를 밀어붙이기 시작했다.

키키킥.

하지만 고블린 전사 두 마리가 추가되면서 전황이 역전되었다. 세 마리는 무리였다.

스윽.

강화뼈2가 방어 모드로 전환하여 놈의 공격을 받아냈다.

[60의 대미지를 입습니다.]
[59의 대미지를 입습니다.]

방패로 충격을 상당히 흡수했음에도 HP가 빠르게 줄어들었다. HP가 바닥을 보일 즈음.

[죽은 자의 축복을 사용합니다.]
[강화뼈2의 HP(1,092)가 회복됩니다.]

HP가 회복되는 것과 동시에 두 가지 속성의 마법이 강화뼈2의 앞으로 떨어졌다.

콰과과광!

강화뼈2를 공격하던 고블린 전사 세 마리가 상당한 피해를 입었다.

움직임이 더뎌진 틈을 노리며 날아든 뼈 화살이 놈들의 신

36 스켈레톤
마스터 6

체 곳곳에 박혔고, 그 직후에 도착한 한 대의 화살은 고블린 전사의 몸에 닿는 순간 폭발했다.

키에에에엑!

그제야 한 마리가 죽었다. 남은 두 마리도 강화뼈2의 공격과 계속되는 뼈 화살 공격에 무너졌다.

놈들을 정리한 강화뼈2가 전진하고 지휘를 하던 무혁 역시 몇 걸음 나아가며 전황을 파악했다.

전장이 한눈에 들어왔다. 좀 더 정확하게 말하자면 시야 확보 스킬로 인해서 소환수들의 상태가 바로바로 파악되었다. 그래서 난잡한 상황임에도 늦지 않게 명령을 내릴 수 있었다.

그러나 무혁의 표정은 좋지 않았다.

"도대체 뭐야, 이거!"

"무슨 고블린이 이렇게 세냐고!"

"이런, 시바!"

몬스터와 싸우는 유저 모두가 혼란스러운 상태였다.

한 마리의 전력만 따지자면 60레벨 중후반의 유저와 비슷한 수준이었다. 하지만 놈들은 끝이 없을 정도로 많았고 계속해서 밀려들고 있었다. 과연 모두 쓰러뜨릴 때까지 버틸 수 있을지 의문이었다.

이미 절반이 넘는 MP를 소모한 유저도 많았다. 꽤 많은 유저가 생존에 위협을 느끼기 시작한 것이다.

하지만 무혁의 걱정은 그들과는 달랐다. 100레벨이 넘는 견습 기사들이 중앙을 압도하고 있었기에 전투는 유리하게 진행되고 있었다. 조금만 더 버티면 견습 기사가 좌, 우로 난입해 상황을 역전시킬 것이다.

그런데도 표정이 굳은 이유는 갑자기 나타난 한 마리의 몬스터 때문이었다. 보통 고블린 전사보다 머리 두 개는 더 큰 녀석이었다.

키르륵?

한눈에도 강해보였다.

퍼석.

예상대로 놈은 다른 고블린 전사와 비교 자체를 거부했다. 검뼈가 너무나 허무하게 역소환을 당한 것이다.

풍폭, 강력한 활쏘기.

화살 한 대를 날려봤다.

[221의 대미지를 입힙니다.]
[396의 추가 대미지를 입힙니다.]

방어력은 180 정도.

"허어."

절로 탄성이 나왔다. 보스 몬스터도 아닌 것 같은데 방어력이 어이가 없을 정도로 높았다. 이 정도 방어력이라면 검뼈의 공격의 거의 효과가 없으리라.

네임드는 아니겠지?

불길한 생각에 무혁은 서둘러 강화뼈 두 마리와 강활, 그리고 메이지에게 공격을 명령했다. 무혁도 계속해서 화살을 쏘았다.

키아아아악!

하지만 오히려 녀석을 열 받게 만들 뿐이었다. 분노한 고블린 전사가 강화뼈1, 2의 방패를 무차별적으로 공격했는데 그 파괴력이 심상치가 않았다.

강화뼈 두 마리의 HP가 눈에 보일 정도로 빠르게 줄어들고 있었다. 이대로라면 얼마 버티지 못할 것 같았다. 뭔가 다른 방법을 강구해야 했다. 도움될 수단을 찾기 위해 주변을 훑었다. 마침 십인대장 세 명이 근처에 있었다.

서둘러 그들에게 다가갔다.

"저 좀 도와주실래요?"

"네? 무슨?"

"저기 보이시죠? 제 소환수가 상대하고 있는 몬스터요."

"아, 그런데요?"

"좀 버거워서요."

해당 유저가 어색하게 물러났다.

"저도 기여도 때문에 바빠서요."

"저도요, 죄송하네요."

무혁의 눈썹이 꿈틀거렸다.

"저 녀석 다른 고블린보다 더 크고 셉니다. 먼저 처리해야 돼요."

"세다구요?"

"네, 급합니다."

되물은 여성 십인대장, 아란이 비웃었다.

"스켈레톤 두 마리가 막고 있는데요?"

"그건······."

"저 정도면 아무나 가도 될 것 같네요."

무혁은 미간을 찌푸리며 다급히 고개를 돌렸다.

죽은 자의 축복.

일단 강화뼈1의 HP를 채워준 후 다시 십인대장 세 명을 쳐다봤다.

"안 도와줄 겁니까?"

"죄송해요."

"저희도 바쁘다니까요."

"그럼, 어쩔 수 없죠."

무혁의 눈동자가 차가워졌다. 어차피 게임, 힘이 곧 모든 것을 지배하는 세상, 그것이 일루전이니까.

"십인대장, 아란!"

"에······?"

"제가 지정한 고블린을 공격하세요, 명령입니다."

아란이 어이없다는 표정을 지었다.

"아니, 지금 장난하세요?"

이것으로 명분을 얻었다. 그들 셋은 백인대장의 명령을 듣지 않은 것이다.

스팟.

윈드 스텝을 사용한 무혁은 어느새 손에 들린 검을 휘둘러 아란을 포함한 세 명의 십인대장을 공격했다.

마법사인 아란으로서는 무혁의 움직임을 따라갈 수도, 또 공격을 막아낼 수도 없었다. 나머지 두 사람도 마찬가지였다. 갑작스러운 공격을 방어할 틈이 없었다, 방어했더라도 막아내지 못했겠지만.

"이게 무슨 짓······!"

세 사람 모두가 각자의 무기를 꺼내 들었다.

그 순간 떠오른 메시지.

[백인대장 '무혁'의 '즉결 처분권'이 발동됩니다.]
[정당방위가 성립되지 않습니다.]

세 사람 모두 당혹스러운 표정을 감추지 못했다. 무혁이 먼저 공격을 했음에도 정당방위가 성립되지 않았기 때문이다.

동시에 무혁은 백인대장이었고 자신들은 십인대장이라는 사실을 깨달았다.

지금의 직책으로 백인대장을 공격한다면 어떤 일이 벌어질지 알 수 없었다. 결과를 알 수 없기에 더욱 망설임이 생겼다. 그렇다고 일방적으로 공격만 당할 순 없었다.

HP가 많지 않아 어쩔 수 없이 공격하려는 순간이었다.

"재밌죠?"

무혁의 목소리가 들렸다.

그는 세 사람의 정면에 서 있었다.

그들이 무혁을 노려봤다.

"대체 뭐하는 짓이죠!"

"저의 명령을 듣지 않았으니까요."

"장난해요?"

"아뇨, 전 진지합니다. 누가 봐도 저 고블린을 먼저 잡는 게 맞습니다. 그래야 놈들의 기세를 꺾을 수가 있으니까. 그런데 왜 말을 안 듣는 거죠?"

"그거야……!"

"아, 변명은 됐습니다. 메시지는 보셨죠? 전 당신들을 공격해도 되지만 당신들은 안 돼요. 십인대장이 백인대장을 공격하는 순간 저 단장 뮤크와 휘하 기사에게 공격을 받을 겁니다. 기사가 구속용 문서를 사용하면 죽어도 시체가 사라지지 않는다는 건 알고 있나요? 물론 저들은 시체를 보고서 그냥 기절했다고 여길 뿐이죠."

"……."

다들 침묵했다.

구속용 문서? 그런 건 들어보지도 못했던 이야기니까.

하지만 백인대장 무혁은 백작과도 안면이 있던 사이였다.

결코 무시할 수 없었다.

"그럼 시체는 어디로 갈까요?"

무혁이 웃으며 말했다.

"바로 감옥이에요. 거기서 접속을 하게 되면 재판을 받게 되고, 또 정해진 형량을 지내야만 나올 수가 있죠. 차라리 캐릭터를 삭제하는 게 더 나을지도 모르겠군요."

다들 움찔거렸다.

"그러니까, 다시 명령하겠습니다. 제가 지목한 고블린을 상대하세요."

다들 우물거렸다.

채앵.

무혁이 다시 검을 뽑았다.

"그럼 여기서 죽든가, 아니면 감옥에서 썩든가."

"자, 잠깐!"

지켜보던 십인대장, 구름이 외쳤다.

"알겠으니까 그만하자고요."

"그러죠."

대답과 함께 검을 집어넣었다.

"서둘러 주세요, 제 소환수의 HP가 얼마 남지 않아서."

"크흠……!"

뒤틀린 심사를 그대로 드러내면서도 그들은 움직였다. 먼저 십인대장 구름이 앞으로 뛰어나가 방패와 검으로 거대한 고블린 전사의 이목을 끌었다.

후우, 좋아.

무혁은 강화뼈 두 마리의 HP를 다시 확인했다.

아직 괜찮아.

구름이 대부분의 공격을 받아내기 시작한 덕분에 여유가 생겼다. 서둘러 아처와 메이지에게 공격을 명령한 후.

무혁 본인 역시 풍폭과 강력한 활쏘기를 사용했다.

"하아아압!"

나머지 십인대장도 공격에 참여한 덕분에 상황이 역전되었다. 거대한 고블린 전사가 조금씩 밀리기 시작한 것이다.

"이거, 진짜 강한데?"

구름의 표정이 굳었다. HP가 부족했다.

"힐이 필요한데요!"

"아, 잠시만요."

무혁이 주변을 둘러보니 힐러 한 명이 보였다.

"죄송하지만……."

힐러는 곧바로 수긍하며 구름에게 치유 마법을 사용했다.

상황은 순조로웠다.

"쳇."

한 사람, 여성 십인대장 아란만이 마음에 들지 않는지 혀를 찼다. 그녀는 공격 같지도 않은 공격을 한 번만 시도한 채 지금까지 전투를 지켜보기만 하는 상태였다. 그런 행동이 달갑진 않았으나 더 이상 관심을 두지 않기로 했다.

나중에 보자고.

속으로만 다짐하며 다시 시위에 화살을 걸었다. 풍폭, 강력한 활쏘기로 쏘아진 화살이 놈의 가슴에 꽂혔다.

[442의 대미지를 입힙니다.]
[796의 추가 대미지를 입힙니다.]

HP가 바닥난 녀석이 쓰러졌다.

[네임드 몬스터 '카르반'을 처치했습니다.]
[재료가 드랍됩니다.]
[기여도를 측정합니다.]
[유저 '무혁'에게 우선권이 주어집니다.]

떠오른 메시지에 고개를 끄덕였다.

역시, 네임드였나.

말 그대로 이름을 지닌 몬스터다. 몬스터들 가운데서도 유독 강력한 녀석들이 바로 이 네임드 몬스터다.

재료라.

본래 일루전의 몬스터는 아이템을 떨어뜨리지 않지만 던전이나 탑, 그리고 보스 몬스터나 네임드 몬스터를 처리했을 때와 같은 특수한 상황에서는 지금처럼 아이템을 떨어뜨리기도 한다.

아무튼 재료가 드랍 됐고 또 우선권이 주어졌기에 무혁은 당연히 그것을 습득했다.

손에 들린 재료.

'……!'

그것을 확인한 무혁의 눈이 커졌다.

이건……!

한 눈에 무엇인지 알 수 있었다. 주먹이 꽉 쥐어졌다.

정보를 확인한 무혁의 입가로 미소가 새겨졌다.

[카르반의 두개골]

특성 : 힘, 체력.

네임드 몬스터 카르반에게서 획득한 재료가 바로 두개골이었던 것이다.

당장 검뼈를 진화시키고 싶었지만 참았다. 지금 이 자리에서 두개골의 효력을 다른 사람들에게 보여주고 싶지 않았다. 서둘러 두개골을 인벤토리에 넣은 후 다시 전장을 살폈다. 아쉽게도 고블린 영역에서는 더 이상 특별한 녀석이 보이지 않았다.

스윽.

무혁의 시선이 중앙의 웨어울프 무리로 옮겨졌다.

여기도 없고, 반대편 오크 무리는?

"아……!"

그곳에서 유별나게 큰 덩치의 오크를 한 마리 발견할 수 있었다.

고민할 것도 없었다.

중앙이라면 모르겠지만, 저곳에는 성민우가 있지 않은가. 그에게 설명한다면 바로 상황을 이해하리라.

서둘러 스켈레톤 군마를 소환해 오른쪽 전장으로 나아갔다. 그 뒤를 무혁의 소환수들이 따랐다. 이윽고 전투에 집중하고 있던 성민우의 지척에 도착했다.

"민우야."

"어? 여긴 무슨 일이야?"

"저기 덩치 큰 놈 보이지?"

"어, 보여."

"저 녀석, 나한테 줘라."

"갑자기 무슨 소리야?"

"두개골이 떨어지더라고."

"두개골이라면……."

"어, 내 스켈레톤 진화시킬 수 있어. 물론 저 녀석도 두개골을 떨어뜨릴 거라는 보장은 없지만, 가능성은 있으니까."

성민우의 눈이 커졌다.

"대박이네, 알았어. 지금 아무도 안 건드리고 있으니까 가서 처리해."

"고맙다."

"고맙기는 무슨."

무혁은 웃으며 거대한 덩치의 오크와 거리를 좁혔다.

이 정도면 되겠는데.

적당한 곳에 자리를 잡고 시위에 화살을 걸었다.

풍폭, 강력한 활쏘기.

놈은 그저 전장을 지켜만 보고 있었기에 조준을 하는 건 어렵지 않았다.

파앙!

화살이 쏘아지고 녀석의 가슴에 닿는다.

깊게 박힌 화살촉.

크워어어어!

놈이 괴성을 지르며 무혁을 쳐다봤다.

쿠웅, 쿵.

거대한 몸을 이끌고 달려온다.

강화뼈와 검뼈들이 먼저 마중을 나가 달려오는 오크와 부딪혔다. 한 번의 격돌로 검뼈 두 마리가 뒤로 날아갔다. 거대한 덩치를 자랑하는 검은색의 오크는 고블린보다 강했다.

뒤이어 다른 검뼈가 부서졌고 강화뼈 역시 겨우 버티는 수준일 뿐이었다.

이런……!

서둘러 성민우에게 도움을 요청했다.

"도와 달라고?"

"어!"

"내가 껴도 돼?"

"껴도 돼!"

"그렇다면야!"

성민우의 정령 네 마리가 합세하자 겨우 균형이 맞춰졌다.

"뭐가 저렇게 센 거야?"

"네임드니까."

"허어, 그냥 뒀으면 나중에 저 녀석 한 마리 때문에 밀렸겠는데?"

시간이 지날수록 유저들의 상태는 나빠진다. MP가 바닥나기 때문이다. 그 타이밍에 지금 상대하는 네임드 오크가 전장을 누빈다면 과연 누가 막을 수 있으랴.

꽤 많은 유저가 목숨을 내놓아야 했을지도 모를 일이었다.

"누이 좋고 매부 좋고."

물론 무혁은 그런 것에 관심이 없었지만 말이다.

눈에 보이는 건 단 하나, 이 녀석은 과연 무엇을 주느냐. 그것뿐이었다.

지휘에 집중하면서 다시 풍폭, 강력한 활쏘기를 사용했다.

화살이 폭발하면 강력한 활쏘기의 쿨타임이 돌아올 때까지 기다렸다가 다시 화살을 날린다.

파앙!

오크가 발악하며 거리를 좁혀왔다. 생각보다 빠르게 둘 사이가 가까워졌다. 앞을 막고 있던 강화뼈와 검뼈가 슬쩍 뒤로 물러난 덕분이었다.

주변에 방해하는 다른 오크가 없었기에 윈드 스텝을 사용하여 거리를 좁혔다. 놈의 옆을 스치면서 검을 휘둘렀다.

서걱.

옆구리가 크게 베이면서 상처가 생겼다. 풍폭의 효과로 검상에서 폭발과 함께 특수 상태 이상 '과다출혈'이 발동했다.

기세를 몰아 인벤토리에서 둔화의 독을 꺼내 검날에 묻혔다. 다시 한번 놈을 스쳐 지나갔다.

['둔화의 독'이 적용됩니다.]

환각의 독은 물론 약화의 마비와 출혈의 눈물까지.

크워어어어억!

고통에 울부짖는 녀석의 주위를 맴돌면서 끝없이 검으로 상처를 냈다. MP를 바닥까지 소모했을 즈음, 놈을 쓰러뜨릴 수 있었다.

쿠웅.

[네임드 몬스터 '알반'을 처치했습니다.]
[재료가 드랍됩니다.]
[기여도를 측정합니다.]
[유저 '무혁'에게 우선권이 주어집니다.]

획득한 재료가 시야에 들어왔다.
미간이 찌푸려졌다.
"아, 젠장……."
재료의 정체 때문이었다.

[알반의 가죽]
놀랍도록 질기다.

두개골을 기대했는데 가죽이 나왔다. 그것도 그냥 가죽, 놀
랍도록 질기다는 설명이 전부인 가죽이었다.
상당히 허무했다.
"쩝……."
"가죽이네?"
"어."
"뭐, 두 마리 잡아서 두개골 하나면 확률이 높은 편이지."
성민우의 말이 옳았다. 두개골이 연속으로 나오는 게 더 이

상한 일이리라. 그의 말을 듣고서야 그 사실을 깨달았고 동시에 희망을 품었다.

미개척 지대는 넓었고 쓰러뜨려야 할 몬스터도 역시 무수히 많았다.

그중에는 네임드 몬스터도 있을 것이고 그 녀석들 가운데 한 마리 정도는 더 두개골을 떨어뜨리지 않겠는가.

"그래, 네 말이 맞다."

그때 유저들이 괴성이 들렸다. 몬스터에게 밀리고 있었다.

"엇, 나중에 얘기하자!"

"그래."

무혁도 본래 자리로 돌아갔다.

다그닥.

MP가 바닥인 상태라 군마의 위에서 강력한 활쏘기 스킬만 사용했다.

[기여도(0.5)가 상승합니다.]

남는 시간에는 전장을 살폈다. 그래도 기여도는 충분했다.

[추가 기여도(0.002)가 상승합니다.]

……

추가 기여도가 끊임없이 올랐으니까.

"조금만 더 막아!"

"흐아아압!"

그 순간이었다. 전황에 변화가 생겼다. 중앙의 견습 기사들이 웨어울프와의 전투를 끝내고 불리한 좌, 우측 유저들을 돕기 위해 전장에 난입한 것이다.

확실히 100레벨이 넘어서는 견습 기사들의 움직임과 대미지는 놀라운 수준이었다. 고블린 서너 마리가 덤벼들어도 혼자서 압도했다. 덕분에 숨통이 트인 유저들도 조금 더 분발했다.

"스켈레톤 전사 소환, 스켈레톤 아처 소환, 스켈레톤 메이지 소환."

MP가 차오른 무혁도 다시 소환수를 소환했다. 그리고 소환수와 공격 스킬로 검은색 고블린을 쓸어버렸다.

전투가 종료되고 2시간의 휴식을 갖게 되었다.

"전투식량을 섭취하고 충분한 휴식을 취하도록 해라!"

단장 뮤크의 말이 끝났을 즈음 무혁이 커크에게 다가갔다.

"부단장님."

"오, 백인대장이군. 유독 강한 녀석을 잡았다는 이야기는 들었네. 잘 해내는 모습을 보니 든든하군."

"감사합니다."

"그래, 무슨 일인가?"

"전투식량을 먹는다고 해서요."

"그렇지."

"제가 요리를 좀 할 줄 알거든요. 재료도 있고요."

"호오, 그런가?"

"네, 속도도 빠르니 금방 만들 수 있습니다. 밥이라도 든든하게 먹어야 전장에서 힘이 나지 않겠어요?"

"그렇지, 자네 말이 맞아. 좋아, 그러면 내 단장님께 말씀드리고 오지."

"예, 전 그럼 바로 요리 시작하겠습니다."

"알겠네!"

가까운 곳에 있던 성민우가 그 말을 듣고서 다가왔다.

"요리하게?"

"어."

대답하면서 요리 도구를 꺼냈다, 각종 재료도 함께.

"굳이 힘들게 왜 하는 거야?"

"다 미래를 위해서지."

"흐음, 근데 도구가 엄청나네."

"특별히 구입했다."

"그래, 참 장하다. 근데 뭐 만들려고?"

이미 무혁은 재료를 다듬고 있는 상태였다.

"흐음, 사람은 많은데 시간은 부족하니까 대량으로 만들기 좋은 스프랑 간단하게 구워서 먹을 수 있는 고기, 해물?"

"크, 맛있겠다."

"재료비가 좀 나와서 문제지."

하지만 무혁은 알고 있었다.

요리로도 기여도가 오르지.

단지 기여도를 위해서 요리를 하는 건 아니었다. 음식을 만들어주면 단장이나 부단장, 둘 중에 한 사람은 반드시 그에 합당한 보상을 줄 거라는 사실을 알고 있었다. 그 보상이 뭔지는 기억나지 않았지만…….

확고한 이유가 있었음에도 무혁의 손은 떨리고 있었다. 요리 도구와 재료를 구입하기 위해 사용한 돈이 얼마던가.

내 기억이 잘못된 건 아니겠지?

애써 고개를 저으며 고기 한 점을 엄청난 크기의 불판에 올렸다.

치이이익.

고기가 익어가는 소리에 성민우가 혀를 날름거렸다.

"이것이 바로 일루전의 고기인가!"

그 옆으로 새우와 조개가 올라갔다.

"크아. 죽인다, 죽여!"

그때 부단장 커크가 돌아왔다.

"오, 벌써 요리를 시작했나?"

"아, 네."

"좋군, 기사들에게 모두 모이라고 했네."

"금방 완성될 겁니다."

일단 익은 소고기 한 점을 먹었다.

음, 맛있네.

고기는 합격이었다.

이후 본격적으로 스프를 만들었다. 거대한 솥에 재료를 넣고 끓이며, 쉼 없이 국자로 저었다.

"힘들다, 좀 저어줘."

"그냥 저으면 되냐?"

"어."

스프를 성민우에게 맡기고 다시 고기와 해물을 굽기 시작했다. 그러다 주변의 살기를 느낀 무혁이 흠칫하며 고개를 돌렸다.

어느새 모인 기사들이 욕망이 번들거리는 시선으로 요리를 뚫어지게 쳐다보고 있었다.

무혁과 눈이 마주친 기사들이 헛기침을 하며 고개를 돌렸다. 저들을 바라보니 문득 붉은 탑에서 생사고락을 함께했던 견습 기사 지망생들이 떠올랐다.

잘 지내고 있으려나.

그들도 머지않아 견습 기사가 되리라.

언젠가 만나겠지.

아쉬운 표정으로 고개를 돌려보니 스프가 얼추 완성된 것 같았다. 최종 점검을 위해 손가락으로 찍어서 맛을 봤다.

음, 딱 좋네.

무혁이 기사들을 보며 외쳤다.

"자, 기사님들! 줄을 서주세요."

가장 먼저 단장인 뮤크가 왔다. 그에게 수프를 떠주고 그 위에 고기와 해물 몇 점을 올려주자 메시지가 떠올랐다.

[기여도(1)가 상승합니다.]

무려 1점의 기여도가 올랐다.

"고맙군, 정말."

"아닙니다."

그 뒤로 부단장 커크.

"수고했네."

"감사합니다."

커크 역시 마찬가지로 1점의 기여도가 올랐다.

그리고 기사의 차례가 왔다.

[기여도(0.5)가 상승합니다.]

그들은 각 0.5점이 올랐다. 그리고 견습 기사는 각 0.1점씩 올랐다. 다해서 127점, 상당한 점수였다.

"후아."

음식을 떠주는 것도 일이었다.

무슨 시간이 벌써.

마지막 견습 기사에게 음식을 건넸을 땐 이미 1시간 30분이 훌쩍 흐른 뒤였다. 남은 시간이 부족함을 인지한 뮤크가 휴식 시간을 30분 연장했고 덕분에 좋은 분위기 속에서 식사 시간을 끝마칠 수 있었다.

음식을 먹는 사이, 오크와 웨어울프, 고블린이 차지하고 있던 자리로 다른 몬스터들이 난입하기 시작했다.

거대한 덩치와 힘을 가진 오우거와 엄청난 재생력을 자랑하는 트롤이었다. 놈들 역시 온몸이 검은색이어서 그런지 상당한 불길함을 뿜어내고 있었다.

"모두 돌격하라!"

견습 기사 1천 명이 앞으로 나아갔다.

쿠웅, 쿵.

중심에서 떡하니 버텨주며 절도 있게 나아가니 절로 믿음이 갔다. 좌우의 유저들도 호응하듯 걸음을 내디뎠다.

"공격!"

선두의 견습 기사들을 향해 다가오는 오우거와 트롤, 평범한 녀석들이라면 이곳에 있는 누구라도 쉽게 처치할 수 있다. 하지만 놈들은 절대 평범하지 않을 것이다. 아마 앞선 오크나 고블린, 웨어울프처럼 상식을 뛰어넘는 강함을 지니고 있을 것이 분명했다. 이제 그걸 아는 유저들도 처음과는 다르게 제대로 팀을 이뤄 호흡을 맞추기 시작했다.

"좋아, 가 보자고!"

탱커들은 앞으로, 그 뒤로 원거리, 그리고 마지막으로 후방에는 사제가 위치했다.

무혁은 그 어디에도 포함되지 않았다. 가장 뒤쪽에서 군마에 올라탄 채 전장을 살펴보고 있었다. 혹시나 있을 네임드 몬스터를 찾기 위함이었다.

[추가 기여도(0.0015)가 상승합니다.]
[추가 기여도(0.002)가 상승합니다.]

자잘한 메시지는 눈에 들어오지 않았다.

찾아야 하는데.

오직 네임드 몬스터라는 단어만이 머릿속을 아른거린다. 하지만 좀처럼 특별한 덩치를 지닌 녀석이 보이지 않았다. 몬스터가 워낙에 많기도 했고 또 거리가 꽤 떨어져 있는 경우에는 비슷비슷해 보였기 때문이다.

없는 건가?

그 순간, 한 마리의 오우거를 발견할 수 있었다. 명확하게 구분이 되는 건 아니었지만 미미하게, 정말로 미미하게 머리 하나가 툭 하고 튀어나온 기분이었다. 조금만 가까이 가면 알 수 있을 것 같은데 지금은 잘 파악이 되지 않았다.

그럼 어떻게 해야 하나.

답은 간단했다. 길을 막고 있는 방해물들을 치워 거리를 좁히면 되는 것이다.

"스켈레톤 전사 소환, 스켈레톤 아처 소환, 스켈레톤 메이지 소환."

그제야 스켈레톤들을 소환했다.

약간 우측으로 강화뼈, 검뼈 돌격!

아처 연사, 메이지 마법 공격.

마법 공격으로 인한 강력한 폭발이 일어났다.

콰과과과광!

치솟는 후폭풍을 꿰뚫고 쏟아진 화살을 미처 피하지 못한 오우거들은 신체 곳곳에 화살이 박힌 채 포효했다. 이내 분노로 점철된 눈빛으로 돌격하는 놈들을 유저들이 막아섰다.

좋은데?

무혁은 웃으며 다시 시위를 당겼다. 풍폭의 바람이 깃든 화살 한 대가 활시위를 떠났다.

얼마간의 전투로 인해 상당한 오우거를 쓰러뜨릴 수 있었지만 유저들 역시 상당히 지친 상태였다. 일부가 뒤로 물러서서 휴식을 취했고, 그 탓에 남은 유저들의 부담이 커졌다.

"히, 힘들어!"

"아, 진짜!"

"좀 막으라고!"

그때 중앙의 견습 기사 100여 명이 왼쪽으로 난입했다.

"오오!"

"견습 기사다!"

"조져!"

덕분에 유저들의 숨통이 조금 트였고 무혁은 빠르게 줄어드는 오우거를 바라보며 미소를 지었다.

앞쪽의 오우거가 줄어들수록 먼 거리에 있던 녀석들이 다가오고 있었으니까.

덕분에 처음 의심을 가졌던 오우거가 다른 녀석들보다 덩치가 훨씬 크다는 사실을 명백하게 파악할 수 있었다.

네임드일 가능성이 높아. 만약 정말 네임드라면?

벌써 세 마리째 네임드를 보게 되는 것이고 그건 이곳 미개척 지대가 네임드 몬스터의 밭이라는 사실을 증명하는 일이 되리라.

좋아, 유인부터.

무혁이 풍폭이 담긴 강력한 활쏘기로 화살을 날렸다.

파앙!

화살이 네임드로 추정되는 오우거의 가슴에 꽂혔다. 놈은 괴성과 함께 화살이 날아온 방향으로 고개를 틀었다. 놈이 바라보는 상태에서 다시 한번 화살을 날려줬고 또다시 공격을 당한 녀석은 더 이상 참지 못하고 달려들기 시작했다.

크워어어어!

주변에 있던 다른 오우거들을 밀어내면서.

"허어……."

절로 탄성이 나왔다. 주변 오우거들이 허무하게 밀려나거나 던져졌다. 그 정도로 힘이 강력하다는 소리였다.

예상대로 앞을 막고 있던 검뼈 두 마리가 순식간에 부서졌다. 바로 뒤쪽에 있던 검뼈7은 멍하니 있다가 주먹질 한 방에 상체가 조각났다.

키릭?

검뼈7이 고개를 갸웃거렸고.

후웅.

그 순간 날아든 오우거의 발길질에 바로 역소환되었다.

메이지 마법 공격 다섯 발이 달려들던 녀석을 잠시 주춤하게 했으나 그게 전부였다. 안 그래도 검은색이라 그을렸는지조차 파악할 수가 없었다.

다시 속도를 내는 놈에게 뼈 화살이 꽂혔지만 간지러운지 신경도 쓰지 않는 것 같았다.

강화뼈1, 2 방패 들고 돌진.

달려 나간 두 마리의 강화뼈와 놈이 부딪혔다.

이런……

강화뼈 두 마리 모두 HP가 500이 넘게 줄어들었다. 게다가 두 마리임에도 불구하고 오우거의 돌진을 버티지 못하고 뒤로 밀렸다.

크워어어어!

녀석이 주먹을 휘두르기 시작했다.

쾅, 콰아앙!

엄청난 소리와 함께 또다시 뒤로 밀린다.

죽은 자의 축복.

벌써 HP를 채워줘야 할 정도였다.

강화뼈1, 2 후퇴.

더 이상은 안 될 것 같아 뒤로 물리고 검뼈를 내보냈지만 오우거가 강화뼈를 놓아주지 않았다. 다가오는 검뼈를 무시한 채 강화뼈와의 거리를 좁히더니 양 주먹을 위에서 아래로 내리찍었다.

강화뼈 두 마리가 공격받기 직전.

키리릭!

검뼈12가 몸을 던졌다.

콰아아앙!

폭발과 함께 오우거가 주춤거렸다.

['검뼈12'가 역소환됩니다.]
[풍폭이 발현됩니다.]
[220의 추가 대미지를 입힙니다.]
[기여도(0.2)가 증가합니다.]

그사이 강화뼈 두 마리가 놈으로부터 도망칠 수 있었다.

"후우."

절로 안도의 한숨이 나왔다. 혹시나 쓸 일이 있을까 싶어서 검뼈12에게 풍폭을 걸어뒀던 것이 신의 한 수였다.

하지만 안도하는 것도 잠시, 곧이어 걱정이 치밀어 올랐다. 강화뼈가 너무나 허무하게 밀렸기 때문이다.

너무 안일했던 건가.

조금 더 강해지고 단단해질 필요성을 느꼈다.

무구도 바꿔야겠어.

지금까지는 사실 소환수의 수와 기본적인 능력치를 믿고 아이템을 새롭게 맞추지 않고 있었다. 하지만 더 이상은 미룰 수가 없게 되었다.

물론 지금 바꿀 순 없었다. 당장은 놈을 제압해야 할 때다, 현재 지니고 있는 것만으로.

무혁의 고개가 움직였고 자연스럽게 수많은 유저가 눈에 들어왔다.

스윽.

인벤토리에서 둔화의 독, 환각의 독, 약화의 마비, 그리고 출혈의 눈물을 꺼내었다. 수량이 얼마 남지 않아서 아꼈던 것인데 지금은 사용해야 할 시기였다.

일단 강활과 활뼈의 화살에 바른 다음 공격을 명령했다.

파앙!

뻗어 나간 화살이 놈의 가슴에 박혔다. 네 가지 디버프가 발현되었다.

크, 크르르.

환각에 걸렸는지 동작을 멈췄다. 기회는 지금이었다.

무혁은 서둘러 십인대장을 불러 모았다. 이미 즉결 처분권에 관해서 이야기를 들었는지 다들 못마땅한 표정임에도 불구하고 함부로 행동하지는 않았다.

"모여줘서 고맙습니다."

"네, 뭐."

"일단 저기 보이는 가장 큰 녀석부터 처리하죠. 아무래도 특별한 몬스터로 추정이 되는데 놈을 죽이면 다른 오우거의 사기가 떨어질 가능성이 있으니까요."

그때 한 사람이 나섰다. 십인대장 아란이었다.

"저기요."

"네."

"아까 오크도 잡았죠?"

무혁이 고개를 갸웃거렸다.

"같이 잡았으면서 왜 묻는지?"

마치 바보를 보는 것만 같은 시선에 아란이 울컥했다.

"아니, 그 몬스터가 아이템을 떨어뜨렸잖아요! 그 부분에 대해선 언급 안 하세요?"

"언급할 필요가 있나요? 가장 큰 공헌을 한 유저가 아이템을 획득할 텐데요."

다른 십인대장이 수군거렸다.

"아이템?"

"아, 저 덩치가 더 큰 몬스터가 아이템을 떨어뜨린다고 하더라."

"허, 진짜? 왜 말을 안 했어?"

"아는 줄 알았지."

무혁이 손바닥을 쳤다.

"자, 그럼 잡을 이유는 충분하죠?"

"네, 뭐……."

"그럼 사냥 시작하자고요."

무혁의 말에 십인대장들이 자리를 잡았다. 서로를 바라보던 십인대장들이 고개를 끄덕였고 그 순간 여전히 환각에 빠져 허우적거리는 놈을 동시에 공격했다.

풍폭, 강력한 활쏘기. 메이지 마법 공격. 강활, 활뼈 연사.

무혁 역시 그냥 있지 않았다.

이렇게 된 이상…….

최대한 많은 대미지를 입혀야 했으니까.

가디언인 구름은 방어에 전념했다. 옆에 있는 무투가 한주먹은 현란한 몸놀림을 보이면서 타격에 집중했고 다른 유저들 역시 각자의 역할에 충실했다.

공헌을 위해 꼭 대미지를 줄 필요는 없다. 말 그대로 몬스터 사냥에 '공헌'하기만 하면 된다. 그다음은 시스템이 처리할 문제였다.

그 순간 날아든 무수한 화살이 오우거의 신체에 박혔다.

"마법 갑니다!"

그 소리에 근접 유저들이 물러났다. 그 자리로 다섯 가지 속성의 마법이 쏟아졌다.

콰콰콰쾅!

그 모습에 유저들의 미간이 찌푸려졌다. 아무리 봐도 현재 공헌도가 가장 높은 사람은 백인대장 무혁이었으니까.

그렇다고 포기할 순 없었다. 아이템이 지니는 가치가 그 정도로 대단했으니까. 특히 지금처럼 무엇을 줄지 전혀 알 수 없는 상황이라면 더더욱 포기할 수 없었다.

만약 엄청난 무기나 방어구라도 나온다면?

그런 상상이 끝없이 자신을 움직이게 만들었다.

"흐아아아압!"

"힐부터 줘!"

각종 스킬들이 난무했다.

콰과과광!

역시 레벨이 꽤 높은 유저들이 모여서 그런 것일까. 강화뼈 두 마리가 방어에 전념하는 것보다 훨씬 안정적이었다.

무혁은 뒤에서 그 모습을 보면서 생각에 잠겼다.

만약 강화뼈가 세 마리, 아니, 네 마리였다면? 그러면 저 오우거의 공격도 무난하게 견뎌낼 수 있지 않았을까?

그렇기에 더더욱 욕심이 났다. 두개골을 얻기란 아주 어렵기 때문이었다.

만약 이곳 미개척 지대가 정말 네임드 몬스터의 천국이라면 여기서 최대한 얻어야만 했다.

그러니까…….

일단은 눈앞에 있는 놈부터…….

몇 번의 공격을 더 이어지자.

크, 크륵.

결국, 오우거가 쓰러졌다.

[경험치가 상승합니다.]

[네임드 몬스터 '오르거'을 처치했습니다.]

[재료가 드랍됩니다.]

[기여도를 측정합니다.]

[유저 '무혁'에게 우선권이 주어집니다.]

십인대장들의 얼굴이 일그러졌다.

"아, 젠장!"

"빌어먹을……."

반대로 무혁은 입가에 미소를 지으며 오우거에게 다가갔다. 놈이 사라지면서 생겨난 푸른빛이 무혁의 앞으로 날아와 멈췄다.

스윽.

그것을 손으로 쥐었다.

미개척 지대 평원을 가로지르길 벌써 5일째.

스켈레톤 전사, 아처 스킬의 레벨이 9가 되었고 메이지 스킬의 레벨은 6이 되었다. 스켈레톤 마스터리 역시 레벨 하나가 올랐다. 무혁 본인의 레벨도 83이 되었다.

지금까지 얻은 두개골은 두 개뿐이었다, 첫날 고블린을 잡고 얻은 두개골과 오우거를 잡고 얻은 두개골.

이후로도 네임드 몬스터를 상당히 죽였지만 더 이상 두개골은 나오지 않았다. 무려 5일 동안이나 말이다.

첫 끗발이 개 끗발이라더니.

하지만 포기하진 않았다.

언젠가 하나는 더 나오겠지.

그렇게 믿으며 사냥에 임했다.

그리고 지금 막, 한 마리의 네임드를 더 처치했다.

[경험치가 상승합니다.]

[네임드 몬스터 '키쿠'를 처치했습니다.]

…….

[유저 '무혁'에게 우선권이 주어집니다.]

무혁의 손에 들린 재료.

"아……."

기묘한 탄성이 흘러나온다.

[키쿠의 두개골]

특성 : 지식, 지혜

마법사에게 어울리는 세 번째 두개골이었다.

절로 웃음이 나왔다.

"30분간 휴식!"

마침 전투가 마무리되어 휴식 시간이 주어졌다. 무혁은 두

개골을 획득한 기쁨을 얼마간 만끽했다.

이후 정신을 차리고 정비를 시작했다. 그러다 손에 들린 검과 방패의 내구도가 상당히 떨어졌음을 확인하고는 몸을 벌떡 일으켜 휴식을 취하는 기사들에게 다가갔다. 1주일간의 사냥으로 기사들의 무구 역시 엉망이 되었을 테니까.

"제가 수리해 드릴게요."

"음? 수리라니……."

"검, 방패요. 저한테 주세요."

"아니, 그래도 될지……."

본래라면 거절했을 것이다. 기사에게 있어 무구는 곧 생명과도 같았으니까. 하지만 무혁은 그들에게 거의 매일같이 요리를 대접하고 있었다. 그 덕분에 호감이 쌓여서인지 기사들과의 거리감이 꽤 줄어든 상태였다.

"제가 수리에 일가견이 있다니까요."

"으음, 그래?"

"네, 대장장이라고 생각하세요."

"그렇게까지 말한다면야……."

결국 기사가 무혁에게 검과 방패를 건넸다. 무혁은 곧바로 자리를 잡고 앉아 받은 검의 날을 보다 예리하게 만들고 부서진 방패를 완벽하게 수리해 줬다.

"여기요."

기사가 검과 방패를 이리저리 살폈다.

그의 눈이 서서히 커졌다.

"오, 오오……!"

감탄하더니 무혁에게 인사했다.

"정말 고맙네!"

"뭘요."

기여도는 덤이었다.

[기여도(0.5)가 상승합니다.]

무엇보다 이렇게 쌓은 호감도는 수치로만 계산되지 않는다. 훗날 단장에게 말 한마디라도 더 좋게 해주지 않겠는가. 당연히 이야기를 들은 단장도 조금이라도 더 좋은 보상을 주려 할 것이고.

"나도 부탁하네!"

"주세요."

다시 수리를 이어갔다.

카앙!

무구를 건네고 만족스럽게 웃는 동료의 모습에 혹한 것일까. 옆에 있던 기사가 외쳤다.

"나도, 내 무구도 좀 봐주겠나?"

"물론이죠."

그렇게 수리에 열중했으나 시간이 부족했다. 대략 백 명 정도의 무구를 수리해 주는 사이 휴식 시간이 끝나 버린 것이다.

모두 아쉬운 표정이 역력했다.

"나머지 분들은 다음 쉬는 시간에 해드릴게요."

"오오, 정말인가?"

아주 화기애애한 분위기였다. 기사들이야 수리를 받았으니 기분이 좋을 수밖에 없었고 무혁 역시 오랜 기다림 끝에 두개 골을 얻어 더할 나위 없이 행복했다. 앞으로 몇 개의 두개골을 더 얻을 수 있을지 상상하는 것만으로도 흥분되었다.

미개척 지대는 아직도 끝이 보이지 않을 정도로 넓어 최소한 한 달은 더 사냥할 테니까. 그래서 휴식이 끝났다는 사실이 오히려 더 반가웠다.

"돌격하라!"

기대감과 함께 전장을 누볐다.

제2장
천인대장

아쉽게도 그날은 다른 네임드 몬스터를 발견하지 못했다.

"그럼 푹 쉬도록."

"예!"

모두 각자 자리를 잡았다. 기사는 중앙, 유저는 좌측과 우측이었다.

자리를 잡은 기사는 정비를 시작했고 유저들은 허공에 손짓을 했다. 로그아웃을 하더라도 일루전 캐릭터가 사라지지 않도록 설정한 것이다. 접속할 때마다 새로 설정을 해야 해서 조금 번거롭긴 했지만 그래도 상당히 좋은 옵션이라 유용했다. NPC와 함께 지내야 할 때는 이 옵션이 필수였다.

"기상은 내일 오전 7시다. 그렇게 알도록."

유저들에게 하는 말이었다.

"경계는 견습 기사들이 선다."

"예!"

얼마 지나지 않아 유저들이 하나둘씩 로그아웃을 하기 시작했다. 누워 있는 저 모습이 아침까지 유지될 것이다.

치이익.

무혁도 일루전에서 나왔다.

캡슐에서 빠져나와 홈페이지에 접속했다. 이틀 전부터 유료 정보 게시판에 글을 하나씩 작성하고 있었기 때문이다. 아마 한동안은 매일 글을 올려야 할 것 같았다.

몬스터에 관한 정보였다. 낮은 레벨 몬스터는 넘어가고, 오크부터 시작했다.

오늘은 강철 개미인가.

느긋하게 글을 작성했다.

[제목 : 강철 개미 공략법]

[내용 : 강철 개미는 31레벨 몬스터로 머리, 가슴, 배로 나뉜다. 보통의 개미와 같다고 볼 수 있는데 그 연결 부위가 바로 약점이다. 머리와 가슴을 연결해 주는 얇은 부분. 거기가 관절인데 그 부분에 검을 꽂게 되면 강철 개미는 아무것도 하지 못하고 고통에 발광하면서 대미지를 입는다. 이 방법을 사용하기 위한 가장 좋은……]

작성한 글을 천천히 되짚어 보았지만, 문제 될 건 없었다.

좋아, 올려볼까.

글을 등록한 무혁은 잠시 고민하다가 강철 개미 이후 사냥하기 좋은 녀석으로 글 하나를 더 쓰기로 했다.

[제목 : 트렌트 공략법]

[내용 : 트렌트는 34레벨의 나무 몬스터로, 채찍처럼 휘두르는 나뭇가지 공격이 꽤 거슬리는 몬스터다. 녀석을 쉽게 죽이기 위해서는 불 속성 마법사와 얼음 속성 마법사, 두 명이 필요하다. 먼저 얼음 속성 마법으로……]

그렇게 두 개의 글을 올렸다. 어제 것까지 하면 총 4개. 조회수가 얼마나 나올지는 모르겠지만, 알고 있는 60레벨 이하의 몬스터 공략법을 꾸준히 올리기로 했다.

물론 당장 돈벌이가 되진 않을 것이다. 하지만 상승세만 탄다면 꾸준한 수입이 보장될 거라 여겼다. 자신이 있었다. 이미 홈페이지에서 무혁의 아이디는 나름 유명했으니까.

오늘은 여기까지.

정리를 마친 후 노트북을 끄고 침대에 누워 잠을 청했다.

오전 5시에 일어나 일루전 홈페이지를 확인했다.

뭐, 아직은.

유료 정보 게시판의 조회수가 높지 않았다. 그래도 첫날 올린 글의 조회수가 200이 넘은 것을 보니 희망이 보였다.

"으차."

노트북을 끄고 몸을 일으켰다.

대충 옷을 차려입고 헬스장으로 향한 무혁은 인사를 하는 여성 트레이너에게 붙잡히고 말았다.

"안녕하세요!"

"아, 네."

"오늘도 일찍 나오셨네요?"

"네, 운동하고 할 일이 있어서요."

"무슨 일이요?"

"아, 뭐. 요즘 유명하잖아요. 일루전."

"아, 일루전. 저도 하고 있는데……."

"그러시구나."

"이것도 인연인데 나중에 친구 추가해도 되죠?"

"네, 뭐."

무혁은 건성으로 대답하며 수시로 탈의실을 쳐다봤다.

오늘따라 왜 이러지?

그제야 트레이너가 놓아줬다.

"아, 옷부터 갈아입고 나오세요."

갈아입고 오라니? 설마 나오면 또 뭔가 다른 이야기를 하려는 걸까.

묘한 불안을 안고 탈의실로 들어가 트레이닝복을 입었다. 나와서 준비운동을 하려는데 예상대로 트레이너가 다가왔다.

"요즘 보니까 준비운동에 소홀하시더라고요."

"제가요?"

"네, 그날그날 느낌대로 하시죠? 정해진 순서 없이."

"아, 그렇긴 하죠."

"준비운동이 가장 중요해요. 제가 알려드릴 테니까, 꼭 순서 외우셔서 하세요."

"고마워요."

"고맙긴요, 뭘."

트레이너가 웃으며 준비운동을 시작했다.

어, 이런……

무혁의 동공이 흔들린다. 트레이너가 스포츠 브라에 쫙 달라붙는 트레이닝 바지를 입고 있어서 시선을 어디에다 둬야 할지 알 수 없었기 때문이다.

그래도 남자라는 본능은 어쩔 수 없는지, 저절로 그녀의 몸매가 시야에 들어왔는데 그게 참으로 자극적이었다.

잘록한 허리에 시원스럽게 뻗은 다리, 그리고 터질 것만 같은 엉덩이까지.

"자, 저를 보셔야죠!"

"아, 네……"

고민 끝에 그녀의 눈을 보기로 했다.

이, 이것도 좀.

허공을 주시하는 무혁의 모습에 여성 트레이너가 웃었다.

"재밌으세요."

"네, 네?"

"아니에요. 자, 그럼 다시!"

"아, 네."

불편한 시간이 흘러갔다.

6시 20분, 집으로 돌아가 일루전에 접속했다.

[새로운 세상에 오신 것을 환영합니다.]

눈을 뜨고 몸을 일으켜 주변을 둘러보니 아직 대부분의 유저가 깨어나지 않은 상태였다. 꽤 기묘한 모습이었다. 견습 기사나 기사들은 뒤척거리기라도 하는데 유저들은 굳어버린 채 움직임이 없었다.

그러다 이상한 점을 발견했다. 유저들 사이에서 움찔거리고 있는 한 명을 발견한 것이다. 집중해서 살펴보자 더 확신할 수 있었다.

접속한 것 같은데, 저기서 뭘 하고 있는 걸까?

가만히 그 유저를 주시하던 무혁의 눈이 순간 커졌다.

하아, 저게 무슨······.

움찔거리는 유저는 남성이었는데 그가 다른 여성 유저의 몸을 떡 주무르듯이 만지고 있었던 것이다. 확실히 굳었다고는 해도 감촉은 그대로일 테고 반응도 없으니 아주 신이 나서 치한 짓거리를 즐기고 있었다.

무혁이 몸을 일으키려다 멈췄다.

혹시 모르니까.

일루전은 언제나 만약의 사태에 대비해야만 한다. 그래서 일단 녹화부터 시작했다.

이 정도면 되겠지.

1분 정도 녹화를 하고 몸을 일으켜 아직도 헛짓을 멈추지 않은 유저에게 다가갔다.

안면은 없었다. 하긴 같이 지냈어도 관심이 없었으니……. 덕분에 망설임도 없었다.

윈드 스텝 스킬을 사용하고 사내를 스치고 지나가며 검을 그었다.

"뭐, 뭐야!"

뒤늦게 그가 반응했으나 이미 늦었다. 어느새 멀리 떨어진 무혁이 그를 노리며 화살을 날렸으니까.

파앙!

날아온 화살이 그의 가슴에 꽂혔다.

[240의 대미지를 입힙니다.]

그리 대미지가 크진 않았다. 아무 스킬도 사용하지 않았기 때문이다.

이건 미끼다, 걸리기를 바라며 놓아둔 미끼.

"이 자식이, 겨우 이딴 대미지로!"

예상대로 그가 미끼에 걸렸다.

"잡히면 죽는다!"

무혁은 다시 윈드 스텝을 사용해 거리를 벌렸다.

풍폭, 강력한 활쏘기.

그를 겨냥하는 사이 거리가 좁혀진다.

"넌 이제……."

사내가 검을 꺼내며 스킬을 사용하려는 순간 화살이 시위를 떠났다. 사내는 다급히 방패를 들어 막았으나 충격에 뒤로 밀려났다.

[184의 대미지를 입힙니다.]
[360의 추가 대미지를 입힙니다.]

사내의 눈이 커졌다. 방패로 막았는데 어떻게 저런 대미지가 뜬단 말인가. 그냥 가슴에 맞았을 때보다 더 피해가 컸다.

아니, 그래도 이 정도 대미지라면 아직은 괜찮다. 거리를 좁혀 스킬을 사용하기만 한다면 전황을 유리한 쪽으로 끌고 올

수 있으리라.

그렇게 생각하며 고개를 드는 순간이었다.

"어, 어어……!"

사내의 눈이 극도로 커졌다. 어느새 무혁의 주위로 30마리가 넘는 스켈레톤이 자리를 잡고 있었던 것이다.

그 모습을 본 사내는 죽을 때까지 무혁을 공격하지 않았다. 스켈레톤을 보고서 뒤늦게 무혁이 백인대장임을 파악한 탓이었다.

백인대장을 공격하면 기사들이 감옥으로 끌고 간다는 소문이 이미 퍼져 있었다. 끌려가면 재판을 받고 긴 시간을 감옥에서 썩어야 한다는 출처가 확실한 소문이었다.

뭐, 좀 아쉽긴 하지만.

이내 털어냈다. 마침 유저들이 하나둘씩 일어났다.

그때 부단장 커크가 다가와 말했다.

"8시까지 아침을 먹고 출발하겠다."

커크가 돌아가자 유저들이 옹기종기 모이기 시작했다. 무혁도 마침 접속한 성민우와 함께 자리를 잡고 앉아 간단한 요리를 만들었다.

기사들을 위한 요리는 저녁에만 차리고 있었다. 다들 아쉬워하면서도 재촉하지는 않았다.

"아, 잘 먹었다."

"나도."

"근데 이거 언제 끝나려나?"

"탐사?"

"어."

"앞으로 4주는 더 걸릴 것 같은데."

무혁의 기억으로는 분명 그랬다.

"4주라……."

가만히 평원을 바라보던 성민우가 고개를 갸웃거렸다. 주변의 시선이 조금 거북한 탓이었다. 천천히 둘러보니 유저들이 수시로 이곳을 힐끔거리고 있었다.

"왜들 저래?"

"뭐가?"

"저기 봐."

무혁이 고개를 돌리자 다들 시선을 피했다.

"흐음?"

무혁이 갸웃거리며 다시 정면을 바라보자 시선을 돌렸던 이들이 다시 무혁을 쳐다봤다.

"글쎄, 나도 잘 모르지."

"신경 안 쓰이냐?"

"뭐, 잘못한 게 없으니까."

"둔한 게 이럴 땐 좋구나."

"둔하다니."

두 사람이 티격태격하는 사이에도 기묘한 분위기는 계속해서 이어졌다.

이야기는 한 무리에서부터 시작되었다.

"참, 너 혹시 아침에 그거 봤냐?"

"그거라니? 뭐?"

"아니, 내가 좀 일찍 접속했거든? 근데 저기 백인대장 무혁, 보이지?"

"어, 보여."

"백인대장이 어떤 유저를 막 일방적으로 공격하더라고."

"헐, 공격을?"

"어, 그때가 아마 6시 반이었나? 아무튼, 대부분이 접속을 안 했을 때거든. 갑자기 몸을 일으키더니 스킬을 사용하면서 한 남자를 공격하는 거야."

"진짜? 그, 그래서? 어떻게 됐는데?"

"뭘 어째, 백인대장 공격하면 감옥에 간다며?"

"아, 그렇지."

"그래서인지 맞은 유저는 그냥 당하기만 하더라고. 끝내 죽었지, 뭐."

"허얼."

곁에서 이야기를 듣던 유저가 최근 친해진 다른 유저에게 다가갔다.

"저기, 그 얘기 들었어요?"

"얘기라뇨?"

"저도 친구한테 들은 건데……."

그리고 이야기를 들은 무리가 또 다른 이들에게 알려줬다. 치한을 처리한 정의로운 일이 힘을 남용한 권력자의 횡포로 변모한 것이다.

"와, 대박이다. 그냥 죽였다고?"

"설마, 이유는 있겠지."

"음, 그래 이유는 있겠지. 뭐 그냥 얼굴이 못나서 기분이 나빠졌다든가, 기분 나쁘게 눈이 마주쳤다든가. 그런 사소한 이유라도 있긴 있을 거야."

"무, 무섭다."

"그러게."

"나도 죽이려고 하면 어쩌지?"

"에이, 말이 그렇지. 설마 진짜 그러겠어? 까불지만 않으면 될 거야, 말 잘 듣고."

"그래야겠다, 진짜."

"와, 근데 죽으면 어이가 없긴 하겠다. 여기서 죽으면 노력이 다 물거품이 되는 거잖아. 그렇다고 백인대장을 공격할 수도 없는 거고."

"공격하면 감옥에 잡혀갈 수도 있으니까."

"그러니까 조심해야지."

"이래서 사람들이 권력을 얻으려고 하는 거라니까."

"나도 어서 십인대장에 올랐으면 좋겠다."

"아, 네 친구 이틀 전에 십인대장에 올랐다고 했지?"

"어, 지금 완전 승승장구야."

"부럽다."

"아무튼, 백인대장 앞에선 조심하자고."

"그래."

재밌는 반전이 일어났다. 대부분의 유저가 횡포에 맞서는 것이 아니라 현실에 순응하기로 결정을 내린 것이다.

휴식이 끝나자, 평소처럼 무혁이 선두에 서서 뒤를 돌아보며 유저들에게 이야기를 건넸다. 멀리서 부단장 커크가 지켜보고 있었기 때문에 그냥 지휘하는 척 연기를 하는 것이다.

"우리가 맡은 곳은 왼쪽입니다. 아시죠?"

원래라면 대답이 없었으리라. 그런데.

"예!"

"알고 있어요!"

오늘은 이상하게도 유저들의 호응이 좋았다.

왜 이래……?

당황한 건 무혁이었다.

뒤늦게 정신을 차리고는 헛기침과 함께 말을 이어갔다.

"크흠. 뭐, 아무튼 호흡이 맞는 동료와 팀을 이뤄 카누를 처리하도록 하죠. 난입하는 건 좋지 않으니 자제하시고요."

"예, 알겠습니다!"

"난입하지 않을게요!"

큰 대답에 무혁이 멍하니 고개를 끄덕였다.

"아, 네. 그럼 시작하죠."

"투입!"

유저들이 몬스터를 향해 돌진했다. 전투가 시작되었다.

도대체 무슨 일인지 알 수는 없었지만, 무혁은 좋게 생각하기로 했다. 시비를 거는 것도 아니고 그냥 하는 말에 잘 대답하고 또 잘 따라주고 있지 않은가.

좋은 게 좋은 거니까.

잡념을 지우고 스켈레톤을 소환했다.

"소환."

스켈레톤 전사가 18마리, 스켈레톤 아처가 9마리, 스켈레톤 메이지가 6마리 다해서 총 33마리. 확실히 30마리가 넘어서니 상당히 많은 느낌이다.

대충 한 학급이라고 보면 되겠네.

무혁이 다닌 고등학교는 학년마다 대략 10개의 반이 있었고 반마다 30에서 35명의 학생이 있었다.

과거를 떠올려 보면 하나의 반에 학생이 너무 많다고 느꼈던 적이 많았다. 그렇게 본다면 33마리의 스켈레톤은 분명 적은 수가 아니었다. 어느새 이 정도까지 성장했다는 생각에 뿌듯한 기분이었다. 그 기분을 만끽하며 검뼈에게 다가갔다.

풍폭, 풍폭, 풍폭.

강화뼈를 제외한 검뼈 전원에게 풍폭을 사용하니 3,200의 MP가 소모되었다. 예전이었다면 남은 MP로는 소환을 유지하는 것도 버거웠을 것이다.

하지만 발시언의 문신을 얻은 다음 부터 MP 걱정은 하지 않게 되었다. 모든 스켈레톤을 소환하고 있음에도 오히려 MP가 조금씩 차오르고 있었으니까.

좋아, 아주 좋아.

곧이어 지휘를 시작했다.

강화뼈, 검뼈 돌격. 강활, 활뼈 연사. 메이지 마법 공격.

뼈 화살이 공간을 가르고 뒤이어 폭발한 마법이 허공을 수놓는다. 그 아래를 질주하는 18마리의 스켈레톤 전사들.

키릭, 키리릭.

그 순간 폭발을 뚫고 나온 몬스터 카누가 검뼈6을 향해 손톱을 휘두르자.

콰아앙!

검뼈6의 몸에서 폭발이 일어났다.

[풍폭이 발현됩니다.]

[220의 추가 대미지를 입힙니다.]
[기여도(0.2)가 증가합니다.]

움찔한 카누가 포효했다.

크아아아악!

카누는 괴성과 함께 검뼈6을 마구잡이로 공격했다.

풍폭을 사용하고 카누를 조준하고 있는데 갑자기 날아든 범위 마법에 카누와 검뼈6이 휩쓸려 버렸다.

['검뼈6'이 역소환됩니다.]

무혁이 미간을 찌푸리며 고개를 돌렸다.

쩝.

유저가 너무 많아 누가 범위 마법을 사용했는지 파악할 수가 없었다. 물론 의심이 가는 사람이 한 명 있기는 했지만 말이다.

아니겠지.

그렇게 여기며 다시 전투에 집중했다.

전진, 또 전진.

몬스터 카누를 처치하면서 계속해서 나아갔다.

[풍폭이 발현됩니다.]

…….

그러다 카누와 검뼈3이 정면에서 부딪혔다.

뒤로 물러…….

후퇴 명령을 내리기 직전.

콰아앙!

어디선가 날아온 마법이 검뼈3을 공격했다.

"……."

무혁의 눈동자가 차갑게 가라앉았다. 고개를 휙 하고 돌려 보니 그곳에 십인대장 아란이 있었다.

흐음.

차가운 시선으로 그녀를 잠시 노려본 후 다시 고개를 정면 으로 했다.

이제부터는 그녀를 수시로 감시하기로 했다. 만약 다시 같은 행동을 한다면 그땐 시비를 거는 것으로 봐야 할 것이다.

강화뼈1, 2 돌격!

카누와 강화뼈가 충돌했다. 오우거보다 더 까다로운 카누였 기에 강화뼈 두 마리로 버티는 건 한계가 있었다. 강활과 활뼈 가 도와주지 않았다면 벌써 역소환을 당했으리라.

강화뼈들에게 후퇴를 명령하고 시위에 화살을 걸었다. 풍 폭을 화살에 걸고 강력한 활쏘기로 물러나는 강화뼈를 쫓아 가는 카누를 향해 시위를 놓았다.

파앙! 하고 쏘아진 화살이 카누의 가슴에 꽂혔다.

[396의 대미지를 입힙니다.]
[826의 추가 대미지를 입힙니다.]

카누가 자리에 멈춰 괴성을 질렀다. 그사이 강화뼈 두 마리가 확실하게 놈과 거리를 벌렸다.

무혁은 지휘를 하면서 계속해서 놈을 공격했고 또 틈틈이 고개를 돌려 십인대장 아란의 상태를 확인했다. 다행히 아직까지 그녀와 눈이 마주친 적은 없기에 의심하고 있다고 생각하진 못할 것이다.

그 순간이었다. 아란이 주문을 외우기 시작했다. 그 모습에 무혁은 서둘러 전장을 확인했다. 난입한 카누 한 마리와 검뼈 세 마리가 교전을 벌이고 있었다.

이런, 언제 저기까지 카누가 들어왔단 말인가.

다급히 명령을 내렸다.

강화뼈 왼쪽으로 돌진. 강활, 활뼈 연사. 풍폭.

공격이 들어오자 카누도 움찔거렸다. 검뼈5가 역소환을 당하긴 했지만, 다른 두 마리는 탈출에 성공하는 듯 보였다.

혹시나 하는 마음에 아란을 보니 마침 그녀가 마법을 쏘고 있었다.

후우웅.

아란의 마법이 검뼈9와 13, 그리고 카누를 휘감았다.

[‘검뼈9’가 역소환됩니다.]
[‘검뼈13’이 역소환됩니다.]

HP가 간당했던 탓에 두 마리 모두 역소환당했다. 더 이상 볼 것도 없었다.

저벅.

무혁이 그녀에게로 향했다, 검을 뽑아 든 채로.

기세를 느낀 것일까? 아란이 고개를 돌리더니 다가오는 무혁을 보며 미간을 찌푸렸다.

“무슨 일이죠?”

“무슨 일이라…….”

“그 검은 또 뭐고요!”

“이유는 잘 알 텐데요.”

“이유라뇨?”

“그쪽이 일부러 절 방해하고 있잖습니까.”

“하, 도대체 무슨 근거로 그런 소리를 하는 거죠?”

“두 눈으로 똑똑히 봤습니다. 당신이 제 소환수를 노리며 공격하는 모습.”

아란이 입술을 깨물었다. 직접 봤다니 할 말이 없었던 것이다. 이내 참을 수 없다는 듯이 외쳤다.

"그러는 당신은요!"

"음?"

"이미 소문이 파다해요! 당신, 아침 일찍 접속해서 이유도 없이 유저를 죽였다면서요! 아무리 백인대장이고, 또 즉결 처분권을 지니고 있다고 하시만 너무한 거 아닌가요? 권력을 손에 지니고 있으면 그렇게 마음대로 유저를 죽여도 되는 거냐고요! 너무 심한 횡포라고 생각하지 않으세요? 그러다 언젠가는 저희 모두를 죽이겠네요, 안 그래요?"

무혁이 관자놀이를 꾸욱, 꾸욱 눌렀다. 스트레스 때문이었다.

"하아."

"이것 봐요. 아무 말도 못하잖아요!"

"저기요."

"뭐, 할 말이라도 있어요? 참나, 아무리 권력에 취했어도 그렇지."

"저기요."

"앞으로 다시는 그런 식으로 행동하지……."

"한번만 더 함부로 입 놀리면 진짜 죽습니다."

"……."

아란이 몸을 떨며 입을 다물었다. 무혁의 눈동자가 진지했으니까, 한마디만 더 했다가는 정말로 죽일 것 같았으니까.

"뭐야, 무슨 일이래?"

"몰라, 또 죽이려는 건가?"

"와, 저 십인대장도 대단하다."

"용감한 거지."

목소리가 얼마나 컸는지 휴식을 취하고 있던 유저들이 모여들었다.

무혁이 아란을 빤히 쳐다봤다.

"제가 왜 그 남자를 죽였냐고요, 이유를 알려줘요?"

"마, 말해보세요!"

"그 유저, 잠들어 있는 여성 유저의 몸을 만지고 있었거든요. 로그아웃해서 굳어 있는 그 신체를요. 아, 생각해 보니 그쪽도 당하고 있던 것 같던데……."

아란의 얼굴이 노래졌다.

"거, 거짓말!"

"녹화도 해놨습니다만."

무혁은 시스템을 열어 녹화된 영상을 끌어내린 후 사방으로 퍼뜨렸다.

"다들 한번 보시죠."

호기심을 참지 못한 유저가 홀로그램 영상을 재생하자 그 남성 유저가 여성 유저의 신체를 주무르는 장면이 나왔다.

"지, 진짜네?"

"와, 치한을 죽인 거였어? 완전 잘한 거잖아."

"그러니까, 도대체 누가 백인대장이 아무 이유 없이 유저를 죽였다고 한 거야?"

"소문 낸 놈이 누구지?"

"아니, 그것보다 저거 진짜 미친놈 아냐? 어떻게 로그아웃 상태의 유저한테 저런 짓을 할 수 있지?"

"본래 세상엔 이상한 놈이 많아."

"크, 아무튼 백인대장이 잘한 거구만."

대중이란 원래 이런 것이다. 저리로 갔다가 이리로 왔다가. 아무튼 무혁에겐 이익이었다.

"아, 아아……"

그사이 아란도 영상을 확인했다. 이건 명백했다. 너무나 창피하고 부끄러워서 고개를 들 수가 없었다.

"사람을 함부로 의심하는 건 누구한테 배웠습니까?"

"그건……"

무혁이 손에 들린 검의 손잡이를 만지작거렸다.

"어찌해야 할지 고민되네요."

아란으로선 할 말이 없었다. 오해가 명확해진 이상 그녀가 한 행동은 횡포에 맞선 정의가 아니라 정의에 맞선 횡포가 되어버렸으니까.

깊은 고민이 이어진다.

죽일까?

이런 이유로 죽이자니 썩 내키지 않는 것도 사실이었다. 단순히 죽이는 것으로 끝날 문제는 아니었으니까. 그녀가 지금까지 쌓은 기여도가 모두 사라지는 것이고 토벌대에 참가했던 시간이 무의미하게 날아가 버리는 것이다.

그녀의 입장에서는 뼈아픈 손실이리라.

치한이야 그런 짓을 했으니 죽였던 것이고 아란은 사실 애매한 구석이 있었다. 입장을 바꿔서 생각하면 그녀의 행동도 이해가 되었으니까. 횡포란 생각에 맞선 것이 아닌가.

"후우."

편견을 버리려 노력했다.

그래, 편견.

처음부터 충돌이 조금 있긴 했지만 나쁜 사람은 아닌 것 같았다.

마침 그녀가 입을 열었다.

"미, 미안해요."

그녀를 쳐다보던 무혁이 검을 다시 집어넣었다. 죽이지 않기로 한 것이다.

그렇다고 오해받았던 일이, 그녀가 무혁에게 시비를 걸었던 일이 사라지는 건 아니었다. 그 일로 인해 상해버린 감정이 완전히 회복된 것도 아니었다. 그래서 아무 말 없이 등을 돌려 본래의 자리로 돌아갔다.

하아.

깊은 한숨을 뒤로 한 채.

이틀 후, 드디어 카누를 모두 쓰러뜨렸다.

후우, 네임드도 처리했고.

아쉽게도 두개골을 떨어뜨리진 않았지만 그래도 꽤 가치가 있는 카누의 심장을 손에 넣을 수 있었다. 연금술사에게 비싸게 팔 수 있는 상급 재료였다.

휴식을 취할 준비를 하는데 갑자기 단장 뮤크가 다가왔다. 그 뒤로 성민우를 비롯한 유저 2천여 명이 늘어서 있었다.

"모두 주목!"

뮤크가 유저들을 향해 외쳤다.

"앞으로의 전투가 더 힘들어질 것 같아 천인대장을 뽑기로 했다."

많은 유저가 웅성거렸다.

"천인대장이래."

"허어, 백인대장도 아니고 천인대장이라니."

백인대장의 열 배에 해당하는 인원의 지휘권을 손에 넣는 것이다. 그들에게서 추가 기여도를 획득한다면? 기여도 1위는 100퍼센트라고 봐도 과언이 아니니라.

"지금까지의 기여도를 토대로 뽑겠다. 천인대장은……."

모두가 침묵했다.

"현재 백인대장을 맡고 있는 무혁이다. 앞으로 나오도록."

"예."

대답하며 나서자 뮤크가 말을 이어갔다.

"지금까지처럼 직무에 충실하길 바란다."

"알겠습니다."

대답하는 순간 메시지가 떠올랐다.

[직위가 '천인대장'으로 변경됩니다.]

뮤크는 거기서 끝내지 않았다.

"백인대장도 열 명을 뽑도록 하겠다. 현재 십인대장을 맡고 있는 한주먹, 구름⋯⋯."

열 명의 유저가 나섰다.

"앞으로도 잘 부탁하지."

"아, 감사합니다."

그들 역시 무혁처럼 메시지를 받았으리라.

"다음은⋯⋯."

뮤크의 말이 또 이어졌다. 대략 100명의 유저가 불렸다.

"자네들은 앞으로 십인대장일세."

"감사합니다!"

"방금 언급한 모든 이는 천인대장의 지시를 따르도록."

뮤크가 돌아가고서야 숨 막히는 침묵이 깨어졌다.

"천인대장만 뽑는 게 아니었네."

"백인대장이 열 명에 십인대장은 무려 백 명이야!"

"끝내준다."

직급이 올라간 유저 모두가 만족스럽게 웃었다. 무혁 역시 마찬가지였다.

천인대장이라.

이제 천 명의 추가 기여도를 얻게 되었다. 기여도창을 소환했다.

[천인대장(무혁)]
소속된 자들의 기여도(0.5퍼센트)를 추가로 습득한다.
[현재 기여도 : 6,721.5]
[추가 기여도 : 2,146.1]

기여도가 1만에 가까워졌다. 지금만으로도 충분히 놀라운 수치인데 천인대장이 된 덕분에 더 높아지게 생겼다. 아마 며칠만 더 지나면 추가 기여도가 현재 기여도를 훌쩍 뛰어넘으리라.

흥분은 되었으나 이미 예상했던 일이라 빠르게 감정을 추스른 후 자리를 잡고 앉아 1회용 제작 도구를 꺼냈다.

망치를 손에 쥐는 순간.

"저기⋯⋯."

누군가가 다가왔다.

음?

고개를 들어 상대를 확인한 무혁의 미간이 찌푸려졌다.

이제는 백인대장이 된 아란이었다.

"뭡니까."

"아, 전에는 죄송……."

"됐고."

"네?"

"그냥 앞으로 아는 척하지 말죠."

"아, 네……."

더 이상은 그녀와 연관되고 싶지 않았다. 그 마음이 담겨 말투 역시 냉정했기에 아란은 별수 없이 고개를 숙인 채 등을 돌렸다.

걸어가는 뒷모습이 처량했으나 무혁은 관심을 끊었다. 내려 놓았던 망치를 쥐고 다시 광석을 두드리기 시작했다.

카앙! 캉!

5분이 되지 않아 장검 한 자루가 만들어졌다. 그리고도 시간이 남아 한 자루를 더 만들었다. 두 자루 장검의 옵션을 동시에 확인했다. 역시 볼품이 없었다. 일회용 제작 도구의 가격을 생각하면 도리어 손해였다.

"휴식 끝!"

부단장 커크의 외침에 모두 몸을 일으켰다.

"곧바로 진격한다!"

꽤 먼 곳에 자리하고 있던 변종 멧돼지가 슬금슬금 다가오고 있었다. 유저들이 놈들을 향해 걸었다. 이어 각자의 무기를 꺼내며 지면을 차고 달리기 시작했다. 빠른 속도로 놈들과 거리를 좁힌 후 공격 스킬을 사용했다.

콰아아앙!

치열한 전투가 이어졌다. 싸우고 또 싸웠다. 모두들 조금씩 지쳐 갔으나 보상을 꿈꾸며 인내했다.

엇, 네임드!

그러다 이미 몇 명의 유저가 놈을 공격하고 있는 네임드를 발견했다.

"여기야, 여기!"

"빨리!"

다른 유저들이 모여든다. 무혁도 다급히 거리를 좁힌 후 모든 소환수에게 집중 공격을 명령했다.

키리릭!

뒤이어 네임드를 발견한 이들이 달려들어 아끼고 있던 스킬을 퍼부었다.

네임드를 처치할 때마다 대부분 무혁이 아이템을 획득했지만 가끔은 다른 유저가 획득할 때도 있었다. 그 낮은 확률을 보고 달려드는 것이다.

그럼에도 무혁은 크게 불안해하지 않았다. 만약 다른 유저가 획득한다면? 두개골일 경우에는 골드를 주고 사면 된다. 어차피 그들은 두개골의 가치를 잘 모르니까. 그냥 퀘스트를 깨는 데 필요하다고 둘러대면 별문제 없으리라.

물론 지금까지 두개골을 얻은 유저는 없었다. 경매장도 수시로 확인했지만, 두개골은 보이지 않았다.

이후로도 순조롭게 전투가 이어졌고 얼마 지나지 않아 네임드 몬스터를 쓰러뜨릴 수 있었다.

[경험치가 상승합니다.]
[네임드 몬스터 '메칸'을 처치했습니다.]
…….
[유저 '통가'에게 우선권이 주어집니다.]

이번에는 가장 먼저 네임드를 발견하여 지속적으로 대미지를 입힌 유저 통가에게 우선권이 주어졌다. 무혁은 그의 손에 들린 재료의 모양을 확인했다.

쩝, 아니네.

두개골은 아니었다. 관심을 끊고 다른 전장에 난입했다.

"하아아아압!"

"죽여!"

"쓸어버리라고!"

이후로도 전투는 끝없이 이어졌다. 하루, 이틀……. 시간이 참으로 빠르게 흘렀다. 싸우고 또 싸웠다. 조금씩 지쳐 갔으나 보상을 꿈꾸며 인내했다.

그렇게 2주일 정도가 더 흘렀을 무렵.

"저, 저기!"

누군가가 한곳을 가리키며 외쳤다. 그러자 좌, 우측에 있던 이들이 무슨 일인가 싶어 고개를 돌렸다. 그들의 행동이 주변의 호기심을 자극했고 유저들의 시선이 그곳을 향했다. 그런 현상이 서서히 번지면서 어느새 전원이 같은 곳을 바라보게 되었다.

"마을……?"

누군가의 그 말이 귀에 꽂혔다. 그러자 정말 마을처럼 보였다. 입구로 추정되는 곳에는 무장한 사람도 보였다, 거리가 멀어 정확하진 않았지만.

"마을 맞지?"

"그런 것 같은데?"

모두 흥분했다. 정말 마을이라면 이건 엄청난 기회였기 때문이다. 미개척 지대에서 최초로 문명을 발견하게 되는 것이었으니까. 만약 정말로 그렇다면 훗날 어떤 보상이 기다리고 있더라도 결코 과하지 않으리라.

두근, 두근.

절로 심장이 쿵쾅거렸다.

하지만 유일하게 한 사람, 무혁만이 고개를 갸웃거렸다.

이상한데.

그가 알고 있던 토벌대의 흐름과는 달랐다. 아무리 기억을 더듬어봐도 마을을 발견한 적은 없는 것 같았다. 물론 확실한 건 아니었지만, 오히려 그래서 확인할 필요가 있었다.

저벅.

걸음을 옮겨 부단장 커크에게 다가갔다.

"부단장님."

"오, 천인대장. 무슨 일인가?"

"마을을 발견한 것 말인데요."

"아아, 그래. 정말 대단하지 않나? 우리의 노력이 성과를 이룰 수 있는 순간이 코앞으로 다가왔으니 말이야."

그의 흥분이 말투에서 느껴졌다.

이거 참.

이 흥분에 초를 쳐야 하는 상황이 썩 달갑지는 않았다.

"그게 아니라……."

"아니라니?"

"마을이 맞는지 확인할 필요가 있어 보여서요."

"확인이라고?"

"만약의 가능성을 위해서죠. 혹시라도 인간형 몬스터 부족이라면 다가서는 순간 포위를 당할 수도 있으니까요."

커크가 잠시 고민했다.

"그래, 그렇지."

흥분으로 상기됐던 표정은 이미 가라앉은 지 오래였다.

"조금의 의심이라도 지우는 게 좋겠지. 그런데 어떻게?"

"제 소환수를 먼저 보내면 될 것 같습니다."

"그렇군! 소환수는 죽어도 죽지 않으니."

커크가 고개를 끄덕였다.

"단장님께는 내가 말하지."

"감사합니다."

"고맙긴, 정말 인간형 몬스터 부족이라면 내가 인사를 해야겠지."

커크가 단장에게로 향하자, 무혁은 곧바로 스켈레톤 전사를 소환했다. 잠시 기다리자 뮤크가 크게 외쳤다.

"여기서 5분간 휴식을 취한다!"

유저와 기사가 모두 자리에 멈췄다. 마을을 보며 흥분한 목소리로, 그리고 표정으로 서로 대화를 주고받았다.

무혁은 그들의 이야기를 한 귀로 흘리며 소환한 강화뼈와 검뼈를 앞으로 내보냈다.

전원 앞으로.

시야 확보 스킬을 통해서 눈에 들어오는 장면에 집중했다.

흐음, 진짜 사람일까?

입구를 지키는 자는 두 발로 서 있었다. 투구와 갑옷을 착용했고 또 손에는 창을 들고 있었다. 아무리 봐도 사람처럼 보였지만 무혁은 확신을 원했다.

전원 돌진.

키릭, 키리릭.

강화뼈와 검뼈가 속도를 높였다. 거리가 더욱 가까워졌다.

투구 사이로 보이는 흐릿했던 얼굴이 명확해지는 순간 어디선가 날아온 마법이 스켈레톤 전사를 휩쓸었다.

콰과과광!

동시에 떠오른 메시지.

[최초로 '파판 부족 부락'을 발견했습니다.]

[칭호 '탐험가'를 획득합니다.]

['모든 경험치(50퍼센트)'와 '아이템 획득 확률(50퍼센트)'이 상승합니다.]

[기여도(10,000)가 상승합니다.]

[위브라 제국 공헌도(100)를 획득합니다.]

무혁의 눈이 커졌다.

아, 이런.

첫 발견 버프를 무혁 홀로 받게 되었다. 의도치 않은 일이었다.

레벨 80이 넘어가는 파판 부족의 몬스터는 인간처럼 이족 보행을 하며 무구를 제대로 사용할 줄 아는 것으로 유명했다. 하지만 놈들은 분명 몬스터다. 머리에는 뿔이 있고 눈은 붉었으며 사정권에 들면 이유를 막론하고 선제공격을 하는 습성을 지니고 있다. 게다가 오크처럼 특유의 소리로 의사소통을 하지만 인간은 그 대화를 알아들을 수가 없었다.

"흐음, 파판 부족이라니……."

"저도 놀랐습니다."

"결국 몬스터 부락이었군. 정말 고맙네."

"아닙니다."

"아니야, 아주 큰일을 했어. 자네가 아니었다면 이곳에 있는 많은 이가 죽었을지도 모르니까."

무혁은 마음이 불편했다.

칭호, 경험치, 아이템 버프, 거기에 기여도와 공헌도까지 그 모든 것을 독차지한 탓이었다. 물론 그렇다고 사실을 말할 생각은 없었다. NPC들이야 상관없지만 유저들은 따가운 시선을 보내는 정도로 끝내지 않을 것 같았으니까.

"고생했네."

"아, 네."

혼자만의 비밀로 간직하리라. 그렇게 결심을 하고 아무런 일도 없었다는 듯 자리로 돌아갔다. 마음은 불편했지만 궁금한 건 어쩔 수가 없었다. 그래서 몰래 칭호를 확인했다.

[탐험가]

이동속도(5퍼센트) 상승.

반응속도(1퍼센트) 상승.

괜찮은 옵션에 흡족해하고 있는데 단장이 앞으로 나섰다.

"모두 들어라. 앞서 확인해 본 결과 저곳은 마을이 아니라 파판 부족이라는 몬스터의 부락임을 알게 되었다. 파판 부족은 오크족보다도 머리가 좋은 녀석들이라 꽤 뛰어난 건축양식을 지니고 있다. 그러니 저곳을 점령해 발전시킨다면 미개척 지대의 첫 번째 전진기지로 삼을 수 있을 것이다. 그 공헌이 결코 적지 않으니 부락을 점령할 수 있도록 최선을 다해주길 바란다. 그럼 대열을 갖춘 후 출발하겠다!"

그 말에 유저들이 다시 자리를 잡았다.

"하, 마을이 아니었구나."

"아쉽네."

"그래도 저기 점령하면 기여도가 꽤 오를 것 같은데."

"보상도 더 좋아지겠지?"

모두들 기대하며 기세를 높였다.

"출발한다!"

쿠웅.

토벌대가 동시에 걸음을 내딛자 묵직한 진동이 울렸다.

파판 부족은 생각 이상으로 강했다. 기본적으로 레벨 80이 넘는 몬스터인 데다가 앞선 녀석들과 마찬가지로 검은색 피부를 지녀 파괴력이 월등해진 탓이었다.

"힐, 힐 달라고!

"아, 안 돼!"

그 탓에 많은 유저가 죽어 나갔다.

"버텨!"

게다가 조합까지 까다로웠다. 마법사와 궁수, 그리고 전사가 고루 뒤섞인 부족이었는데 각자가 해야 할 일을 아주 잘 알고 있었다.

무엇보다도 가끔씩 튀어나오는 네임드 몬스터가 중간에 난입하면 유저들은 버틸 재간이 없었다. 견습 기사들도 겨우 비등한 상태를 유지하는 정도가 한계였으니까.

['검뼈5'가 역소환됩니다.]

['검뼈6'이 역소환됩니다.]

검뼈는 순식간에 녹아버렸다.

['강화뼈1'이 역소환됩니다.]

결국 강화뼈도 버티지 못했다.

강화뼈와 검뼈를 모두 후퇴시키고 무혁 역시 화살을 한 발 날린 다음 뒤로 물러났다.

너무 강한데.

이대로 시간이 흐른다면 유저 대부분이 몰살당할 것이 분명했다. 유저가 죽어 나갈수록 앞으로의 전투가 힘겨워진다.

걱정스러운 마음에 자연스럽게 기사에게로 시선이 갔다. 마침 그들이 분주하게 움직이고 있었다. 출정을 준비하고 있는 것이다.

무혁의 눈이 빛났다.

드디어 나오는구나.

무혁의 목표는 네임드 몬스터다. 놈을 유저와 잡는 건 정말 힘든 일이었지만 기사와 함께라면 이야기가 달라진다.

물론 기사들이 사냥하고 있는 몬스터를 공격해도 된다는 건 아니다. 그들 역시 몬스터와 싸우게 되면 더 강해진다는 사실을 인지하고 있다. 일종의 수련이라 여기는 탓에 전투 중에 끼어들면 반감을 사게 된다.

그러니까……

무혁이 먼저 공격한 몬스터를 기사들이 공격하게끔 유도해야 하는 것이다.

"출정하라!"

마침 기사가 움직이기 시작했다.

저놈으로.

네임드로 추정되는 파판 부족을 노리고 화살을 날렸다.

크루루룩!

상당한 대미지가 들어갔으리라.

놈이 분노하며 주변 유저를 학살했다.

무혁이 다시 한번 시위를 당겼다. 풍폭과 강력한 활쏘기로 몇 번이고 대미지를 입혔다.

그러면서도 계속 뒤를 확인했다.

조금만 더, 조금만.

다음 공격에서 마침 크리티컬이 터졌고 그 순간 주변 유저를 학살하던 녀석이 무혁을 향해 달려들기 시작했다.

좋아.

타이밍은 적절했다.

파밧.

무혁은 몸을 돌려 달아나기 시작했다. 정면에서 다가오던 기사들이 무혁과 그를 쫓는 몬스터를 바라보며 검과 방패를 빼 들었다.

선두에 있던 기사단장 뮤크가 크게 외쳤다.

"전투준비!"

거리가 어느 정도 좁혀졌을 무렵, 윈드 스텝을 사용해 빠른 속도로 기사의 뒤에 몸을 숨겼다.

스윽.

그곳에서 시위를 당기며 공격을 명령했다.

그 직후.

"공격!"

기사와 네임드 몬스터가 부딪쳤다.

서걱.

선두에 있던 뮤크가 검을 휘두르자 네임드 몬스터의 피부가

허무하게 갈렸다. 뒤이어 다가온 기사가 방패로 놈을 밀어버리
자 기우뚱거리며 쓰러졌다. 주변에 자리를 잡은 기사들이 검
을 내질렀다.

푸욱, 푹.

압도적인 광경에 할 말을 잃었다.

허어, 역시.

무혁은 생각을 지우고 다시 공격에 집중했다.

순식간에 놈이 죽어버렸다.

[네임드 몬스터 '나리스'을 처치했습니다.]

…….

[NPC '뮤크'에게 우선권이 주어집니다.]

무혁이 뇌리로 한 가지 단어가 스친다.

망했다.

그 순간이었다.

파밧.

뮤크가 쓰러진 나리스를 무시한 채 곧바로 다른 전장으로
달려갔다.

[NPC '뮤크'가 우선권을 포기합니다.]

[기여도를 재측정합니다.]

[유저 '무혁'에게 우선권이 주어집니다.]

덕분에 재료가 무혁의 손에 들어왔다.

[나리스의 두개골]
특성 : 힘, 체력

참으로 다행이 아닐 수 없었다.

기사가 난입하면서 전황이 뒤집혔다.

크루루룩!

파판 부족이 밀리기 시작한 것이다. 덕분에 조금씩 부락의
중심을 향해 나아갈 수 있게 되었다. 모르고 봤다면 몬스터
부락이 아니라 그냥 작은 마을이라고 여겼을 정도로 건축양식
이 사람과 흡사했다.

"조금만 더 힘을 내!"

"밀어붙여!"

무혁은 그 와중에도 네임드만을 노렸다. 물론 공격을 최대
한 퍼부은 후 기사에게 유인하는 방법을 사용했다. 덕분에 꽤
많은 네임드를 처치할 수 있었다.

좋아, 이대로만 하자.

그런 생각과 함께 조금 더 앞으로 나아갔을 때였다.

메시지가 떠올랐다.

[퀘스트 '흔적을 찾아서'가 갱신됩니다.]

그 내용에 걸음을 멈췄다.

이건⋯⋯.

까맣게 잊고 있던 퀘스트의 내용이 갱신된 것이다. 서둘러 확인했다.

[흔적을 찾아서]

미개척 지대, 머슈란에서 의심되는 무언가를 찾아라.

[획득 정보]

1. 파판 부족을 발견했다. 건축양식이 너무 인간과 닮았다.

[성공할 경우 : ?]

[실패할 경우 : 크락슈와의 호감도 하락.]

획득 정보가 추가되었다.

파판 부족의 건물이 인간의 건축물과 너무 닮은 게 의심이 된다는 걸까?

주변을 훑어보니 확실히 이상하긴 했다. 오크보다 머리가 좋아 꽤 뛰어난 건축양식을 지니고 있다지만 이렇게 인간과 흡사할 수는 없는 법이다.

특히 지금 무혁이 위치한 곳에서 보이는 세 개의 건물은 유독 닮았다.

나머지는 상당히 부족한 수준이라 파판 부족의 건축양식이라고 말한다면 믿을 수 있는 수준이었지만 지금 이곳에 있는 세 개의 건물은 아니었다. 인간이 만든 건물과 닮아도 너무나 닮았다. 마지막 남은 네임드만 처리한 후 주변을 둘러보기로 결정을 내렸다.

잠시 후, 마지막 네임드를 처리하고 좀 전에 퀘스트가 갱신된 곳으로 향했다. 주변에는 다른 것과는 양식이 다른 건물이 3개 있었다.

하나씩 살펴보자.

먼저 오른쪽에 위치한 건물로 들어갔다. 바닥과 벽, 그리고 천장까지 샅샅이 뒤졌으나 특별한 건 없었다. 그곳에서 나와 다음 건물로 들어갔다. 마찬가지로 넓지 않은 공간이라 살펴보는 데 오랜 시간이 걸리지는 않았다. 하지만 별다를 건 없었다. 건물에서 나와 마지막 남은 건물로 들어섰다.

흐음.

일단 바닥부터 시작했다. 두드리고 눌러보고.

끼이익.

그 순간, 바닥이 쑤욱 하고 들어갔다. 주변에 있던 다른 바닥도 동시에 아래로 내려가더니 숨겨진 공간이 드러났다.

[퀘스트 '흔적을 찾아서'가 갱신됩니다.]

또다시 메시지가 떴다.

[획득한 정보]
1. 파판 부족을 발견했다. 건축양식이 너무 인간과 닮았다.
2. 건물에서 비밀스러운 공간을 발견했다.

그 내용을 확인한 무혁은 숨겨진 공간으로 몸을 밀어 넣었다. 꽤 깊게 떨어지고서야 바닥에 착지할 수 있었는데 사방이 어두워 아무것도 보이지 않았다.

무언가 장치가 있으리라 여기고 몇 걸음을 옮기자 내부가 환해졌다. 갑작스런 빛에 반사적으로 손을 올려 시야를 가렸다. 조금씩 빛에 적응하면서 손을 내렸고 이후 눈을 떠 전방을 살폈다.

가장 먼저 유리관이 보였다. 그 속에 들어 있는 각종 몬스터들의 신체 부위가 시야에 꽂혔다.

"흐읍!"

지금까지는 몬스터가 죽어도 회색빛으로 화하며 사라졌었다. 상처도 은빛으로 물들었고.

사체 분해를 해도 게임적인 시스템이 처리되어 그리 징그럽진 않았다.

그래서 지금처럼 어떠한 처리도 되지 않은 있는 그대로의 모습을 보는 건 처음이었다. 헛구역질을 참을 수가 없었다. 너무나 더럽고 또 잔혹했기 때문이다.

미친……!

한참 동안 심호흡을 하고 또 거칠게 뛰는 심장을 가라앉히고서야 겨우 고개를 들 수 있었다. 그렇다고 유리관 내부를 직시한 건 아니었다. 슬쩍 바라보기만 해도 또다시 구역질이 올라올 정도였으니까.

눈알, 얼굴, 어깨, 팔, 다리, 내장까지……. 없는 게 없었다. 다시 고개를 숙이려는데.

어……?

묘한 위화감이 느껴졌다. 슬쩍 고개를 들어보니 뒤쪽 유리관에는 몬스터가 아니라 사람의 것으로 보이는 신체가 들어 있었다.

굳은 표정으로 그곳으로 향했다. 속이 여전히 울렁거렸지만 발걸음이 멈추지 않았다.

저벅.

어느새 그 유리관 앞에 도착했다. 그리고 유리관 아래 낡은 주머니가 떨어져 있었다.

그것을 주워들어 살펴보니 안쪽에 이름이 적혀 있었다.

코쿤……?

[퀘스트 '흔적을 찾아서'를 완료합니다.]

이름을 확인하자 퀘스트가 완료되었다.

"허어?"

물론 끝은 아니었다.

[퀘스트 '주머니를 전달하라'로 이어집니다.]

새로운 퀘스트로 이어졌다.

[주머니를 전달하라]

[코쿤의 주머니가 파판 부족의 건물 아래, 수상한 공간에서 발견되었다. 이것을 그의 친우였던 크락슈에게 전달하라.]

[성공할 경우 : ?]

코쿤이라는 자가 용병 대장 크락슈의 친우였던 것이다. 무혁은 주머니를 조심스럽게 인벤토리에 넣었다. 이제 잘 전달하기만 하면 되리라.

그보다…….

퀘스트는 끝났으나 찝찝했다. 이런 이상한 공간을 그냥 둘 순 없었다.

단장에게 말해야겠어.

서둘러 수상한 장소에서 나와 전장을 보니 건물 밖으로 나가자 전투가 마무리 단계로 치닫고 있었다. 예상대로 얼마 지나지 않아서 전투가 끝났다.

"모두 고생했다!"

무혁은 곧바로 단장에게 다가갔다.

"단장님."

"아, 천인대장. 고생했네."

"감사합니다. 그보다……"

"뭔가?"

"우연히 저 건물 아래에서 이상한 장소를 발견했습니다."

"이상한 장소?"

"네, 그곳에 유리관이 있었는데……"

잠시 말을 흐렸다.

후우.

호흡을 천천히 뱉으며 말을 이어 나갔다.

"몬스터와 사람의 신체 부위가 들어 있었습니다."

단장 뮤크의 눈이 커졌다.

"유리관에 신체 부위가 들어 있다?"

"네."

"확실히 수상하군."

단장이 기사를 불러 모았다.

"천인대장이 수상한 장소를 발견했다고 한다. 함께 이동해서 그곳을 수색할 것이다."

"견습 기사와 이방인들에게도 알릴까요?"

"아니, 그냥 쉬게 두도록."

"알겠습니다."

뮤크가 무혁을 쳐다봤다.

"안내해 주게."

"예."

무혁은 수상한 곳을 발견했던 건물로 다가갔다. 내부로 진입해 구석에 벽을 누르니 한 사람이 들어갈 수 있는 공간이 생겨났다.

"여깁니다."

"으음."

단장 뮤크가 고개를 끄덕였다.

"먼저 들어가겠다. 다음은 천인대장, 이후 나머지 기사들이 순서대로 들어오도록."

"알겠습니다."

뮤크가 안으로 들어갔다.

무혁이 봤던 것은 약과였다. 나아갈수록, 깊게 들어갈수록 처참한 광경이 이어졌다. 처음 유리관에서 봤던 조각난 신체는 극히 일부에 불과했다. 지금 이곳을 차지하고 있는 것들은 각각 신체 부위가 비정상적으로 하나로 엮여 버린, 그래서 끔찍한 수준을 뛰어넘는 어떤 악독함 그 자체였다.

"도대체……!"

뮤크도 할 말을 잃은 표정이었다.

뒤를 따르던 기사 한 명이 중얼거렸다.

"지독할 정도로 악랄하군요."

"그 이상이지."

그러다 길의 끝에 도달하니 작은 문이 있었다.

끼이익.

뮤크가 열고서 안으로 들어갔다. 무혁도 뒤를 따랐다.

[퀘스트 '몰려드는 어둠'의 정보가 갱신됩니다.]

떠오른 메시지에 무혁이 미간을 찌푸렸다.

이건 또 뭐야?

[몰려드는 어둠]

[획득 정보]

1. 오염된 던전.

그곳에 있는 변종 리자드맨 나이트가 어둠에 물들어 있음을 확인했다.

2. 오염된 유니크 던전.

그곳에 있는 다크나이트가 어둠에 물들었음을 확인했다.

3. 파판 부족의 건물 아래.

수상한 장소에서 어둠을 작업했던 흔적을 발견했다.

[성공할 경우 : ?]

[실패할 경우 : 직업의 박탈, 실패 여부는 훗날 판단.]

퀘스트에 새로운 정보가 추가되었다.

어둠을 작업했던 흔적이라.

일단은 방 안, 내부를 살펴보니 곳곳에 서류가 있었다. 뮤크가 서류를 확인하고 있었으나 그의 표정은 좋지 않았다.

왜 그러지?

가까이 다가가니 알 수 있었다. 아무것도 없었다. 서류 전부가 그냥 흰 종이였다.

"마법적인 처리를 한 것 같군."

"내용을 다 지운 건가요?"

"아마도."

아쉽게도 내용은 파악할 수 없었지만 추측은 가능했다.

이미 알고 있는 거대한 흐름 퀘스트의 내용을 다시 한번 하나씩 되짚어 보았다. 밖에 있는 것은 분명 키메라 실험의 흔적일 것이다. 눈앞에 있는 비어 있는 서류는 그와 관련이 있는 내용일 것이고.

그래, 에피소드.

키메라를 떠올리니 메인 에피소드 한 가지가 기억났다.

죽어버린 자.

만약 정말로 그 에피소드와 관련이 있다면? 여기가 그 시작점일까?

놀라운 것은 무혁이 받은 퀘스트와 연관되어 있다는 사실이었다.

'내가 알고 있는 건 마지막 연구실의 장소와 놈의 생김새, 그리고 녀석이 부리던 몬스터가 키메라였다는 사실……. 그게 전부야.'

생전에 그런 미친 짓을 한 인물이 누구였는지는 기억이 나지 않았다. 그 사실이 조금 안타까웠다. 그것만 알고 있었다면 개입하는 것이 훨씬 쉬웠을 테니까.

중간 개입이 어려워졌다면 마지막 방법을 쓰면 된다. 에피소드 '죽어버린 자'의 마지막 연구실을 찾아가면 되는 것이다. 연구실은 꽤 많았던 것으로 기억을 한다. 무혁은 그중에 한 장소, 그러니까 마지막 연구실을 정확하게 기억하고 있었다. 잊기 어려울 정도로 괴기스러웠던 장소였으니까.

단 한 번 동영상으로 봤을 뿐임에도 불구하고 뇌리에서 떠나질 않았다. 문제는 레벨이었다. 그곳에 가기 위해선 상당히 강해야만 한다. 지금은 절대 불가였다.

무혁은 이내 고개를 저었다. 그러면서도 만약을 대비했다. 확신은 금물이니까. 어쩌면 '죽어버린 자' 에피소드와 연관이 없을 수도 있는 일이다. 그러니 연구소로 갈 수 있는 레벨이 되기 전에 힌트 하나를 더 얻게 된다면 그걸 토대로 다시 한번 제대로 추리를 해보기로 했다.

물론 힌트를 얻지 못한다면 어쩔 수 없이 연구소로 향해야겠지만.

"일단 서류는 모두 챙기도록."

"예!"

기사 다섯이 바삐 움직였다. 서류를 모두 챙긴 후 수상한 공간을 빠져나온 뮤크가 서류를 지니고 있는 기사에게 귀환을 명령했다.

"가서 상황을 알리도록."

"알겠습니다."

서류에 걸린 마법적 처리를 해제하기 위함이기도 했고 또 이곳을 미개척 토벌의 첫 번째 전진기지로 삼기 위함이었다.

"휴식을 취한 후 우리는 조금 더 나아간다."

"예!"

그 날, 해가 떨어질 때까지 진격했다.

전투가 끝나고 드디어 취침 시간에 접어들었다.

성민우가 오더니 투덜투덜거렸다.

"아, 겁나 힘들어."

"뭐가?"

"나름 백인대장이라 지휘 좀 하려고 했더니……."

그 말만으로도 유추할 수 있었다.

당연히 안 따라주겠지.

그래서 무혁도 하지 않는 것이고.

"진짜 말 안 듣더라."

"당연하잖아."

"왜?"

"너 같으면 즐기려고 접속한 게임에서조차 명령을 듣고 싶겠냐? 회사에서도 상사한테 혼나고 그래서 스트레스가 쌓였을 텐데 게임에서도 그러면 기분이 어떻겠어?"

"아!"

그제야 깨달은 표정의 성민우였다.

"그래서 그랬구나."

"멍청하긴."

"쩝, 그럼 괜히 전략 전술에 관해서 공부했잖아."

"공부까지 했냐?"

"당연하지! 일루전에 올인한 마당에. 그래도 뭐, 난 정령이 네 마리나 있으니까 알아둬서 나쁠 건 없겠지. 참, 너는 스켈레톤 많잖아. 공부 안 하냐?"

"흐음, 공부라……."

사실 전략이나 전술에 대해 잘 모른다. 지금까지의 싸움도 그 냥 돌진, 화살, 마법 이게 전부였다. 분명한 것은 전략, 전술이 가 미된다면 지금보다 더 제대로 된 전투가 가능하리라는 점이었다.

물론 무혁이 공부를 한다고 해도 문제가 없는 건 아니다. 생 각보다 까다로운 그 명령을 과연 스켈레톤들이 따라줄 것인지 확신할 수가 없었다.

지혜가 꽤 높긴 한데.

현재 무혁의 지혜는 50에 가까운 상태였다.

이 정도라면 가능하지 않을까.

"뭐, 생각해 볼게."

"넌 꼭 공부해야 돼, 수가 많잖아."

"알겠다, 알겠어. 내일 보자."

"오케이!"

로그아웃을 한 무혁은 캡슐에서 나와 물 한 잔을 마셨다.

이후 노트북을 켜고서 홈페이지에 접속했다. 지금까지 올린 몬스터 공략법만 해도 20개가 넘었다. 아쉽게도 아직은 조회 수가 그리 높지 않았다.

평균 600이라.

현재까지 올린 공략법 조회수의 총합은 대략 12,000이다.

조회수 1당 100원이니 총 120만 원이지만 무혁은 그중에서

40퍼센트를 갖는다. 즉, 다음 달에 들어올 몬스터 공략법 유료 판매 금액은 총 48만 원인 것이다. 물론 여기서 세금 3.3퍼센트를 떼야겠지만……. 확실히 적은 액수였다.

그래도 꾸준히 해봐야지.

오늘도 몬스터 공략법을 작성했다.

타닥, 타다닥.

손가락에 빠르게 움직였다.

[제목 : 야크 공략법]

[내용 : 야크는 카켄 마을 북쪽에 나타나는 36레벨 몬스터로 낫을 든 어린 사신의 모습을 하고 있다. 키가 작지만 움직임이 날렵해서 동 레벨 유저라면 고전을 면치 못할 것이다. 녀석을 쉽게 상대하기 위해서는 먼저 잡화점에서 판매하는…….]

이후 등록을 마쳤다.

자, 이제 잠이나…….

여기서 끝내려던 무혁의 뇌리로 문득 성민우가 했던 말이 스치고 갔다.

전략, 전술.

잠시 고민하다가 이내 한숨과 함께 검색을 해봤다.

전략이란 무엇인가? 조금씩 달랐지만 한 가지는 동일했다.

적을 속이기 위한 방법, 유명한 예로는 병력이 없음에도 있는 척하여 적을 물러나게 하는 기만술을 들 수 있겠다.

무혁은 좀 더 구체적으로 알고 싶었으나 안타깝게도 그 상세한 내용에 관해서는 나오지 않았다.

그럼 전술은 뭐지?

다시 검색했다.

병력을 효율적으로 배치하고 기동하며 또한 운영하는 방법과 그 기술을 뜻한다. 무혁의 입장에서 말해보자면, 스켈레톤을 보다 효율적으로 운영하는 것이 바로 전술이다.

전술은 괜찮은데, 전략의 필요성에는 의문을 느꼈다. 어차피 무혁은 몬스터를 주로 상대한다. 물론 훗날 거대 길드전이나 제국 전쟁, 또는 대륙전이 벌어지겠지만, 그 정도 규모까지 발전하면 반드시 별도의 전략가가 따로 있게 마련이다.

일단은 전술만 공부해 볼까.

결정을 내렸다. 괜찮아 보이는 책을 하나 구입했다.

그제야 침대에 누워 잠을 청했다.

며칠 후, 이전에 주문한 전술에 관한 책이 왔다. 곧바로 읽었지만, 내용이 잘 이해되지 않았다.

뭐야……?

다시 인터넷을 뒤적거렸다.

군사학을 먼저 보라고?

그 아래 첨언된 있는 글을 보니 군사학으로 기초를 다듬고 전술학을 보게 되면 이해가 쉬워진다는 내용이었다. 게다가 전술학을 보게 되면 자연스럽게 전략학도 보게 될 거라는 내용도 있었다, 보통 전략을 세우고 그 뒤에 전술이 따르는 게 보편적이라는 설명과 함께.

하아, 정말.

갑자기 해야 할 일이 늘어난 기분이었다.

아, 귀찮아.

무혁은 노트북을 닫아버리고, 일루전에 접속했다.

언젠가는 그 필요성을 느낄 때가 오리라.

파판 부족을 처리한 이후로 10일 정도가 더 흘렀다. 그 기간 동안 무수한 몬스터를 죽였지만 정작 파판 부족의 부락에서 그리 많이 나아가지는 못했다. 빠르게 걷는다면 5시간이면 돌아갈 수 있을 정도였으니까.

"아, 안 돼!"

"힐 좀 달라고!"

유저도 많이 죽었다. 5천에 달했던 수가 이젠 절반도 남지 않았다. 겨우 2천 명 남짓한 유저만 살아남았을 뿐이었다.

남은 유저들은 언제 끝날지 알 수 없는 현재의 상황에 절망하며 조금씩 지쳐 갔다. 물론 무혁은 이제 곧 끝날 거라는 것을 알기에 좀 더 쉽게 버틸 수 있었다.

"젠장, 좀 싸우라고!"

"싸우고 있잖아!"

"그게 싸우는 거냐고, 시발!"

"어쩌라고!"

여기까지 왔는데 죽어버리면 그동안의 시간을 날려 버리는 꼴이 되고 만다. 그렇기에 더욱 악착같이 버티려 애썼다.

그게 이상하게 변질되어 갔다. 죽지 않기 위한 눈치 싸움이 되어버린 것이다. 다른 이들이 싸우면 표시 나지 않게 뒤로 물러서곤 했다.

뮤크도 바보가 아니었다.

"흐음."

그런 상황을 이미 알고 있었지만 여기까지 와서 포기하고 싶지 않았을 뿐이었다.

"단장님."

"왜 그러나."

"아무래도 더 이상은 무리인 것 같습니다."

부단장 커크의 말에 잠시 침묵이 흐른다.

"이야기는 전투 후에 하지."

"예."

그제야 뮤크를 비롯한 기사들이 나섰다. 확실히 그들은 달랐다. 이것이 바로 레벨의 차이인 것일까.

크워어어어!

몬스터들이 녹아내리기 시작했다. 마치 파도에 휩쓸리는 모래 같았다. 뒤덮인 모래는 파도의 힘을 이기지 못하고 이리저리 흩날렸다.

압도적인 힘을 지닌 기사들이 검을 다시 허리춤에 꽂는 순간, 이미 몬스터는 전부 사라지고 난 후였다.

"부단장."

"예, 단장님."

"더 이상은 안 되겠지?"

"그렇게 보입니다."

"별수 없군."

마음을 정한 뮤크가 유저들을 쉬게 하고 그 무리의 중앙으로 이동했다.

"모두 들어라!"

유저들의 시선이 뮤크에게로 모였다.

"토벌은 여기서 끝내겠다. 충분한 휴식을 취하고 돌아갈 채비를 하도록."

"어, 어어……!"

"드디어!"

많은 유저가 환호를 질렀다. 1개월이란 긴 시간 동안의 토벌이 이렇게 마무리되었다. 아쉽게도 큰 성과는 없었다.

그러나 무혁은 이번 토벌에서 획득했다고 볼 수 있는 파판 부족의 부락을 거점으로 삼아 진군할 두 번째 토벌대는 꽤 큰 성과를 얻으리란 것을 알고 있었다.

제3장
보상

돌아가는 길은 참으로 짧았다.

"근데 몬스터가 왜 리젠이 안 되는 거야?"

"글쎄……."

"흐음, 뭐 너무 많아서 그냥 어슬렁거리던 놈들 아니야?"

"무슨 소리야?"

"그러니까 리젠되는 장소는 A인데 그곳에 있던 몬스터가 넘쳐서 B로 이동한 거지. 우린 B구역에 있는 몬스터를 처치한 거고."

"아아."

"호오, 말은 되는데……."

"또 뭐."

"몬스터가 그렇게도 많다는 거야?"

"당연하잖아. 우리가 죽인 놈들만 몇 마린데."

"하긴."

무혁의 귀에도 들려왔다.

똑똑한데?

방금 그 유저의 말이 맞았기 때문이다. 아무튼 몬스터가 리젠되지 않은 덕분에 3일도 걸리지 않아 위브라 제국에 도착할 수 있었다. 그제야 끝났다는 사실이 현실로 다가왔다.

성민우가 옆으로 다가와 자리에 주저앉았다.

"후아, 힘들었다."

"좀 길긴 했지."

"난 안 끝나면 어쩌나 싶었다니까."

"그래도 레벨은 많이 올렸잖아."

"하긴, 1개월 동안 6업이나 했으니."

"많이 올렸네."

"너도 6업 했잖아."

덕분에 성민우의 레벨은 84였고, 무혁의 레벨은 86이었다. 무혁이 80레벨이 되어 군마 스킬을 배운 것도 벌써 한 달 전의 일인 것이다.

"아직도 2레벨 차이네."

"곧 따라올 거야."

"그래야지. 근데 몇 개나 얻은 거야?"

"몇 개라니?"

"두개골 말이야."

"아, 8개."

두개골을 무려 8개나 획득한 것이다.

전사의 것 6개, 메이지 1개, 아처에게 사용할 1개까지.

물론 이건 무혁의 실력으로 획득한 것들이다. 토벌대가 해산하면 여관에서 스켈레톤을 진화시킬 예정이었다.

그때 카이론 백작의 저택 내부에서 뮤크가 나왔다. 그의 뒤를 따르던 기사들은 상당한 수량의 상자를 지니고 있었다.

뮤크가 단상에 올라 유저들을 바라보며 입을 열었다.

"모두 고생했다."

그 말에 누가 동의하지 않으랴, 진정 힘든 여정이었다.

"자, 그러면 지금부터 기여도에 따른 보상을 내리겠다."

한 사람을 지목하여 불렀다.

"천인대장 무혁, 앞으로."

무혁이 걸음을 내디뎌 뮤크와 마주했다.

"전투에서도, 그리고 그 외적인 일에서도 무수한 기여를 한점, 고맙게 생각한다. 카이론 백작님께서도 자네를 특별히 여겨 아주 귀중한 것을 선물하기로 결정을 내렸다네. 마음에 들것이야."

부단장 커크가 긴 상자를 가지고 왔고 그것을 뮤크에게 건넸다. 뮤크는 다시 그것을 무혁에게 건넸다.

"감사합니다."

[퀘스트 '미개척 지대'를 완료합니다.]

[대량의 경험치를 획득합니다.]

[레벨이 상승합니다.]

[미개척 지대 기여도(200)를 위브라 제국 공헌도(1)로 교환합니다.]

[미개척 지대 기여도가 사라집니다.]

[위브라 제국 공헌도(612)를 획득합니다.]

[단기간에 '10만'이 넘는 '미개척 지대 기여도'를 획득하는 놀라운 업적을 달성합니다.]

[업적 포인트(50)를 획득합니다.]

절로 웃음이 터졌다.

600이 넘는 공헌도와 생각하지도 않았던 업적 포인트를 획득했다. 업적 포인트로 무엇을 구매할지 상상하니 절로 기분이 좋아졌다.

공헌도로는 뭘 구매하지?

원래 있던 공헌도와 합산한다면 상당히 뛰어난 옵션의 아이템을 손에 넣을 수 있으리라.

이렇게 되니 어서 제작을 마스터해야겠다는 생각이 들었다. 제작 스킬을 마스터하면 새로운 스킬을 획득하게 되는데 그 스킬이 아이템을 한층 더 강력하게 만들기 때문이다.

물론 전문 대장장이들이 더욱 빠르게 마스터하겠지만.

상념을 지우고 뒤로 물러섰다.

"다음은 천인대장 성민우."

"예!"

파판 부족을 처리한 이후 천인대장으로 임명된 성민우가 크게 대답하며 나섰다. 그가 보상을 받는 동안 무혁은 상자를 확인했다.

딸칵.

그곳에는 한 자루의 검이 놓여 있었다.

음? 이건…….

무혁이 알고 있던 보상과는 달랐다. 아마도 과거의 그 유저보다 무혁의 기여도가 더 높은 탓에 좋은 보상이 나온 것 같았다.

손잡이를 쥐고서 들어 올려 아이템의 정보를 확인했다.

[쿠르칸의 장검]

공격력 145

마법 공격력 170

반응속도 +2%

변형 마법 적용

절삭력 증가

내구도 300/300

사용 제한 : 힘50, 체력50, 지혜50

무혁의 눈동자가 파르르 하고 떨렸다. 물공은 물론이고 마공까지 압도적으로 높았기 때문이다. 또한 절삭력 증가 옵션을 지니고 있었으며 거기에 반응속도가 무려 2퍼센트나 붙어 있었다.

사용 제한이 꽤 높았지만, 무혁에게는 문제가 없었다. 부족한 지혜는 아이템 하나만으로도 충분히 커버가 되는 수준이었으니까.

착용해 볼까.

일단 경매장에서 지혜를 올려주는 귀걸이 하나를 사서 착용한 후 쿠르칸의 장검을 손에 쥐니 그제야 옵션이 적용이 되었다.

가볍게 휘둘러 보니 묵직하면서도 균형이 잘 잡혀 있음을 알 수 있었다.

무엇보다도 마음에 드는 건 바로 변형 마법이었다. 장검을 지팡이와 활로 변화시킬 수 있었다. 무려 세 가지 변형 마법이 서로 연계되어 있었다. 무혁을 위한 무기였다.

지금까지는 무기를 변경하기 위해 우선 인벤토리에 검을 넣고, 활을 꺼내고, 다시 활을 넣고 지팡이를 꺼냈다.

그 행동들이 얼마나 귀찮았던가. 게다가 그 행동으로 인한 약간의 틈은 분명 약점이 될 가능성이 컸다.

이제는 그런 약점이 사라진 것이다. 앞으로의 사냥이 좀 더 수월해질 거라는 예상을 어렵지 않게 할 수 있었다.

아주 좋아.

뮤크가 호언장담한 이유가 있었다.

스윽.

지니고 있던 활을 인벤토리에 넣은 후 방패를 꺼내 등에 멨다. 그리고 손에 들린 쿠르칸의 장검을 옆구리에 찼다.

"다음은 백인대장……."

마침 성민우가 보상을 받고 내려왔고 백인대장이 한 명씩 차례대로 올라가 보상을 받았다.

"다음 십인대장 전원 앞으로."

이후 십인대장 전부가 보상을 받은 다음에야 마지막으로 남은 유저들이 동시에 보상을 받았다.

"드디어 자유다!"

"아임 프리덤!"

"제대로 쉬고 느긋하게 퀘스트나 깨자고."

"좋지."

환호하며 떠나려던 유저들을 뮤크가 붙잡았다.

"마지막으로 천인대장 둘을 제외한 나머지는 부단장 커크를 따라 이동하도록."

"에?"

"끝난 거 아니었어?"

"뭐지?"

커크가 앞으로 나섰다.

"백작님께서 특별히 작은 창고 하나를 열어주셨다. 그곳에서 너희들의 공헌에 맞는 물건을 직접 선택하도록!"

움직이던 유저들이 자리에 멈췄다.

"무슨 소리야?"

"설마 또 보상인가?"

"공헌에 맞는 물건?"

"일단은 가 보자고."

"진짜 추가 보상이면 대박인데."

다들 의문을 품은 채 커크를 따라갔다. 둘을 제외한 모든 유저가 사라지자.

"천인대장."

"네."

"옙!"

"잠깐 안으로 들어가지."

아직 상자를 개봉하지도 못한 성민우와 여유로운 자태의 무혁 두 사람이 뮤크를 따라 저택으로 들어갔다. 긴 복도를 지나면서 성민우는 아쉬운 표정으로 상자를 통째로 인벤토리에 넣어버렸다. 복도의 끝에 위치한 하나의 문을 뮤크가 열었고 내부에 백작의 모습이 보였다.

"왔군."

그가 서류를 덮고 소파에 앉았다.

"수고했네. 가 보게."

"예, 백작님."

뮤크가 물러나고 무혁과 성민우만 남게 되었다.

"앉지."

무혁은 이미 그와 대면한 적이 있기에 어려움이 없었다. 성민우는 조금 어리바리한 표정으로 그저 무혁을 따라서 행동했다.

"이번에도 고생했다고 들었네."

"조금 힘들긴 했습니다."

"하하, 시원해서 좋군. 전에도 그랬지만 이번에도 자네의 공헌이 상당하더군."

"감사합니다."

"물론 자네의 동료 역시 꽤 대단하다고 들었고."

"고, 고맙습니다."

카이론 백작이 웃었다.

"이번에도 나의 개인 창고에 들어갈 자격을 주겠네."

무혁의 눈이 빛났다.

좋았어.

둘을 제외한 나머지 유저들이 향한 창고와는 질적으로 달랐다. 그들에게는 작은 창고라는 단어를 사용했지만 이번에는 개인 창고라는 단어를 사용했다. 어감이 달랐다.

"감사합니다."

"고마울 것은 없네. 충분한 자격이 있으니. 앞으로도 꽤 자주 볼 것 같고 말이야."

무혁은 그저 웃었다.

"이번엔 굳이 다시 찾아올 필요도 없네. 창고를 둘러본 후 곧바로 가 보게. 아, 혹시라도 나중에 내가 따로 부르게 되면 와주겠나?"

"물론입니다."

"고맙군, 이 증표를 받게."

백작이 건네는 증표를 받았다.

"위브라 제국 어디에서도 10퍼센트까지 할인이 되지. 또한, 사용하게 되면 자네의 현재 위치를 파악할 수 있으니 내가 자네를 찾기가 한결 수월해질 것이네."

"감사히 사용하겠습니다."

"좋아, 이만 가 보게."

집무실을 나서자 뮤크가 기다리고 있었다.

"따라오도록."

그의 안내를 따라 창고로 향했다. 그곳으로 들어가서야 성민우가 입을 열었다.

"도대체 뭐야?"

"좋은 거."

"조, 좋은 거?"

"그래, 너 공헌도 몇 점이냐?"

"나 760점."

"거기에 맞는 아이템 고르면 돼."

그제야 성민우가 주변을 훑었다.

무수한 금은보화와 그 사이에 놓인 무구들.

"여, 여기서?"

"어."

성민우가 가장 가까이 있는 검을 집었다.

"허, 허업!"

"어때?"

"미, 미친. 너무 좋잖아!"

성민우의 표정이 울상이 되었다.

"근데 공헌도가 부족해."

"다른 것도 많으니까 천천히 골라."

"그래야지. 허어……"

성민우는 혼이 조금 빠진 표정으로 주변을 돌아다녔다.

"정신 차리고."

"아, 아아."

그의 대답 아닌 대답을 들으며 무혁도 걸음을 옮기기 시작했다. 전보다 아이템이 늘어난 것 같았다.

많아졌어, 분명히.

이 중에서 가장 필요한 것을 캐치해야만 한다.

뭐가 필요할까.

공속, 이속도 꽤 높고 공격력과 방어력은 충분했다.

MP 회복률?

미래를 생각한다면 MP 회복률은 계속 높여도 부족함이 있었다. 그렇다고 이 기회를 MP 회복률 아이템으로 끝내자니 뭔가 아쉬운 것도 사실이었다.

반응속도?

레벨이 꽤 높아진 지금 반응속도가 상당히 중요해졌다.

탐험가 칭호와 쿠르칸의 장검이 무려 3퍼센트나 올려준 덕분에 현재 109퍼센트 가량.

반응속도는 높을수록 좋아서 그에 대한 욕심도 있었다.

마공, 마방은 충분하고.

결국 불필요한 것을 모두 제외하고 나니 MP 회복률과 반응속도 두 가지만 남게 되었다.

현재 공헌도는?

[위브라 제국 공헌도 : 1,052점]

천 점이 넘는 수치였다.

좋아, 부위는?

갑옷, 바지, 견갑, 장갑, 무기, 목걸이, 반지와 팔찌, 그리고 벨트는 현재로써는 바꿀 필요가 없었다. 그렇기에 위의 아이템들은 제외했다. 그러다 보니 막상 받을 만한 아이템은 그리 많지 않았다. 대부분이 필요하지 않은 부위에 속했기 때문이다.

그러다 원하는 부위의 아이템 하나를 발견할 수 있었다.

귀걸이라.

그것을 손에 쥐고 옵션을 확인했다.

홀로그램이 떠올랐다.

[든든한 움직임의 귀걸이]

방어력 10

체력 +8

공격 속도 +3%

이동속도 +5%

내구도 200/200

사용 제한 : 힘 50, 체력 60

[필요 공헌도 : 1,000]

옵션은 좋았지만 썩 끌리지는 않았다. 내려놓은 후 다시 둘러봤다.

무릎 보호대, 하박 보호대, 발찌까지……. 특이한 부위가 꽤 있었다. 먼저 무릎 보호대를 확인하려는데 옆에 있던 성민우의 괴성이 들려왔다.

"흐어어업!"

"뭐야?"

놀라 고개를 돌렸으나 아무것도 없었다.

"무슨 일이야?"

"어, 그, 그게."

성민우의 손에 들린 너클이 보였다.

"그거 때문이야?"

"아, 어."

"하아, 난 또."

"어, 그러니까 이게 뮤크 단장한테 보상으로 받은 상자에 있던 건데……."

"근데?"

성민우의 얼굴이 흥분으로 얼룩졌다.

"너, 너무 좋아. 옵션이 사기야!"

"그러냐."

"어, 진짜 대박이라니까!"

"그래, 그래."

"직접 보면 놀랄걸? 그냥 그렇게 넘길 수준이 아니라고!"

무혁이 너클에 손을 올렸다. 옵션을 확인했다. 확실히 좋은 편이었다.

"좋네."

"그게 반응의 전부?"

"어."

하지만 쿠르칸의 장검이 더 좋았다. 단지 그뿐이었다.

"자, 난 아이템이나 살펴볼 테니까 너도 잘 골라."

"어. 그, 그래……."

멍한 표정의 성민우를 뒤로한 채 다시 무릎 보호대를 쥐었다. 그렇게 뛰어난 옵션은 아니었기에 내려놓고 허박 보호대를 살폈다. 옆에 있는 아이템도, 그리고 나아가면서 또 다른 아이템까지……

그렇게 확인한 아이템만 대략 20개였지만 무혁의 표정은 조금도 달라지지 않았다. 마음에 들지 않았기 때문이다. 그러다 지금 막 집어 든 발찌의 옵션을 확인하는 순간 무혁의 미간이 갑자기 찌푸려졌다.

이건 왜 이래?

[카이안의 발찌]

방어력 5

힘 +3

내구도 : 150/150

사용 제한 : 힘40, 체력40

[필요 공헌도 : 400]

옵션에 비해서 공헌도는 물론이고 사용 제한까지 터무니없이 높았기 때문이다.

별생각 없이 발찌를 옆으로 던져 버렸다. 툭 하고 들려오는 소리를 무시한 채 걸음을 내디뎠다.

1시간 정도가 지나자 조금씩 지쳐 갔다.

"흐음……."

절로 깊은 신음이 새어 나왔다.

이건 어쩌려나.

망토를 손에 쥐었다.

[카이안의 망토]

방어력 10

반응속도 +1%

내구도 : 200/200

사용 제한 : 힘50, 민첩30, 체력50

[필요 공헌도 : 500]

반응속도 1퍼센트가 눈에 들어왔다.

흐음.

하지만 나머지 옵션이 마음에 들지 않았다. 겨우 방어력이 10밖에 붙어 있지 않았으니까. 게다가 반응속도 1퍼센트를 위해 공헌도 500을 사용하는 건 내키지 않았다.

스윽.

망토를 내려놓다가 초반에 봤던 한 가지 아이템이 뇌리를 스치고 지나갔다.

발찌……!

이름이 비슷했던 것 같았다.

카이안의 발찌였던 것 같은데?

맞나, 아닌가?

세트 아이템일 가능성이 생겨 버린 것이다. 물론 아닐 수도 있었다. 지금 다시 생각해 봐도 확신할 수는 없었다.

하지만 고민은 불필요했다.

찾아보면 알겠지.

망토를 손에 들고 서둘러 발찌를 발견했던 곳으로 향했다.

분명히 이 근처였어.

하지만 발찌는 보이지 않았다.

젠장!

무혁이 던져 버린 탓이었다.

어디로 던졌더라?

금은보화로 뒤덮인 곳을 파헤쳤다.

아니고, 아니고.

무수한 보물이 사방으로 흩어졌다.

이것도 아니고.

그렇게 10분이 넘도록 헤매고서야 겨우 원하던 발찌를 찾을 수 있었다.

차, 찾았다.

곧바로 옵션을 확인했다. 카이안의 발찌가 맞았다. 하지만 세트라고 확신할 수는 없었다. 이름이 같다고 다 세트 효과가 있는 건 아니기 때문이다. 다만, 가능성이 있을 뿐이었다.

어떡하지?

하지만 이곳은 백작의 개인 창고다. 과연 정말 쓸모없는 물건일까?

옵션에 비해 필요 공헌도가 너무 높았던 것도 이상했다.

세트일 확률이 높아.

한참을 고민하던 무혁이 결정을 내렸다.

그래, 사자.

부디 세트이기를 바라며 공헌도를 사용했다.

[공헌도를 사용하시겠습니까?]

…….

['카이안의 발찌'를 획득합니다.]

['카이안의 망토'를 획득합니다.]

곧바로 착용했다.

[세트 효과 '은신'이 개방됩니다.]

세트 효과가 발동되었다.

좋았어!

곧바로 상세 정보를 확인했다.

[은신]

24시간에 한 번 모습을 감출 수 있다. 최대 유지 시간은 30분
이며 누군가에게 공격을 당하거나 누군가를 공격할 경우 은신은
자동으로 풀린다.

그제야 만족스럽게 웃었다.

괜찮은데.

모습을 감추는 스킬, 은신. 보는 순간 감이 왔다. 아주 유용
하게 사용할 수 있으리라.

성민우는 80레벨 퀘스트를 수행하기 위해 떠났다. 홀로 남
은 무혁은 먼저 업적 포인트부터 사용하기로 했다.

신전으로 이동해 대신관을 만났고 이미 안면이 있는 사이라
어렵지 않게 안내를 받을 수 있었다.

"그럼, 신의 가호가 있기를."

대신관을 뒤로하고 내부로 들어섰다.

어둠으로 가득한 곳, 무엇도 보이지 않던 공간에서 새하얀

빛깔의 홀로그램이 떠올랐다.

[물리 공격력의 물약]
물리 공격력(1)을 영구적으로 상승시킨다.
[필요 업적 포인트 : 3]

풍폭이 생긴 덕분에 공격력이 중요해졌다.
전부 사들이고 나자 업적 포인트는 2가 남았다.
포션도 사야겠지.
남은 포인트로 MP 포션과 HP 포션을 1개씩 구입했다.
"살펴 가시기를."
"예."
신전에서 나와 근처 여관에 들어갔다.
"어서 오세요."
"방 하나요."
"편의에 따라 가격이 다르답니다."
"중간 사이즈요."
"네, 하루 묵을 경우……."
가격을 지불한 후 방으로 올라갔다. 문을 닫자마자 공격력
의 물약부터 마셨다.

[물리 공격력(1)이 영구적으로 상승합니다.]

…….

모두 마시고 난 후 상태를 확인하니 절로 웃음이 나왔다.

HP와 MP는 4,500이 넘었고 마법 공격력은 340으로 상승한 상태였다. 물리 공격력은 무려 400이었다. 보상으로 받은 쿠르칸의 장검과 업적 포인트로 구매한 물약 덕분이었다.

물리 방어력은 152였으며 마법 방어력은 73이었다. 반응속도까지 목표로 했던 110퍼센트를 채웠으니 만족스러울 수밖에 없었다.

인벤토리에서 두개골을 하나 꺼냈다.

"스켈레톤 전사 소환."

이제 스켈레톤을 강화할 순간이다.

키릭.

검뼈3의 두개골을 뽑고 그 자리에 손에 들린 카르반의 두개골을 끼웠다.

['검뼈3'의 ……]

메시지와 함께 검뼈3이 변하기 시작했다.

다음은 검뼈4의 차례였다. 녀석의 두개골을 뽑고 그 자리에 오르거의 두개골을 꽂았다. 나머지 검뼈5, 6, 7, 8의 두개골 역시 뽑은 다음 네임드 몬스터의 두개골을 끼웠다.

키릭, 키리릭.

여섯 마리 전사의 진화가 눈앞에서 펼쳐졌다. 허약했던 뼈가 굳건해지고 단단해지면서 절로 몸집이 커졌다. 그 모습을 보기만 해도 마음이 든든했다.

이후의 전투 상황이 그려진다. 강화 스켈레톤만 무려 8마리. 녀석들이 누비는 전장의 모습이 말이다.

그때 검뼈3의 진화가 끝났다.

['강화 스켈레톤 전사'로의 변화를 마칩니다.]

['무속성' 계열입니다.]

[1레벨당 HP의 상승분이 5에서 10으로 증가합니다.]

[네임드 몬스터 '카르반'의 특성이 적용되어 힘(10), 체력(10)이 상승합니다.]

[공격력(40), 방어력(20)이 상승합니다.]

[절삭력이 미미하게 증가합니다.]

[공격 속도(7퍼센트)가 상승합니다.]

[이동속도(7퍼센트)가 상승합니다.]

[힘(5), 체력(5)이 상승합니다.]

떠오른 메시지에 주먹을 꽈악 쥐었다. 일반 두개골보다 네임드 몬스터의 두개골이 훨씬 더 뛰어난 능력치의 상승을 안겨주기 때문이었다.

뒤이어 진화한 다른 스켈레톤들도 마찬가지였다.

"후우."

가슴이 거칠게 뛴다.

두근두근.

단번에 전력이 증가하면서 이젠 스스로도 꽤 강해졌다고 자부할 수 있게 되었다.

이 정도라면…….

이제 누구에게도 짓밟히지 않을 자신이 있었다.

작은 규모의 길드라면 오히려 그들이 무혁의 눈치를 살펴야 할 것이고, 거대 길드?

물론 그들의 시비로부터 완벽하게 자유로울 순 없겠지만 허무하게 죽지 않을 정도를 뛰어넘어 상당한 대미지를 입힐 수준은 된 것이다.

아직 끝이 아니야.

다시 인벤토리에서 두개골을 꺼냈다.

"스켈레톤 궁수 소환."

이번엔 활뼈3의 차례였다.

['활뼈3'의 …….]

진화는 금방 마무리되었다. 역시 엄청난 성장이었다. 이제 하나의 두개골만 남은 상태였다.

"스켈레톤 메이지 소환."

메이지1의 두개골을 뽑았다.

키릭?

그곳에 키쿠의 두개골을 끼우자 마찬가지로 진화가 시작되었다. 마법사임에도 불구하고 뼈가 굵어졌다.

['강화 스켈레톤 메이지'로의 변화를 마칩니다.]

['불속성' 계열입니다.]

[1레벨당 HP의 상승분이 5에서 10으로 증가합니다.]

[1레벨당 MP의 상승분이 5에서 10으로 증가합니다.]

[네임드 몬스터 '키쿠'의 특성이 적용되어 지식(10), 지혜(10)가 상승합니다.]

[마법 공격력(60)이 상승합니다.]

[방어력(20), 마법 방어력(30)이 상승합니다.]

[체력(5), 지식(5), 지혜(5)가 상승합니다.]

놀라웠다. 이런저런 스탯의 상승으로 총 135에 해당하는 마법 공격력이 증가한 것이다.

무혁은 강화 스켈레톤 메이지의 상태창과 스킬창을 확인하며 대미지를 계산해 봤다. 마법 공격력이 455고 지팡이의 마공이 120이니 총 575의 대미지를 지닌 상태였다.

[화염의 창 2Lv(87%)]

화염으로 만든 창으로 적을 꿰뚫는다.

-마법 대미지×155%

-시전 소요시간 : 2초

-쿨타임 : 150초

여기에 화염의 창 대미지가 155퍼센트였다.

계산하면…….

적의 마법 방어력을 무시한다면 겨우 소환수 한 마리로 무려 888에 해당하는 대미지를 줄 수 있는 것이다.

일단 이름부터.

강화 스켈레톤의 이름을 바꾸었다.

완료.

무혁은 눈앞에 있는 소환수들을 바라보니 절로 어깨에 힘이 들어갔다.

시간을 확인하니 오후 4시였다. 아직 저녁을 먹기까지 시간이 꽤 남았기에 오랜만에 홀로 사냥에 나서기로 했다.

먼저 용병 길드로 향했다.

의뢰를 고르기 위해 패를 건네자 직원이 고개를 갸웃거리며 말했다.

"이미 점수가 꽤 높으시네요?"

"네?"

"아, B등급 승급 의뢰를 받으실 수 있는데 아직 안 받아서요."

그제야 자신의 용병 포인트를 확인한 무혁이었다.

[용병 포인트 : 3,920점]

언제 이렇게 모인 건지.

"깜빡했네요. B등급이 되면 포인트가 920점이 되는 거죠?"

"네, 승급에 필요한 포인트 3천 점이 사라지고 나머지 920점이 남습니다."

"그럼 B등급 승급 의뢰 주세요."

"알겠습니다."

승급 의뢰는 랜덤으로 주어진다. 쉬워도 좋고, 어려워도 좋다. 사냥 의뢰이기만을 바랄 뿐이었다.

직원이 고개를 들었다.

"의뢰 확인해 주세요."

"아, 네."

그 순간 메시지가 떠올랐다.

[퀘스트 '승급 의뢰(B등급)'를 수락합니다.]

무혁이 고개를 끄덕였다.

"확인했어요."

"그럼 고생해 주시길."

용병 길드에서 나와 의뢰의 상세 내용부터 확인했다.

[B등급 승급 의뢰]

[트리플 울프를 사냥하여 그 전리품으로 심장을 획득할 것.
남은 심장 수(0/100)]

트리플 울프는 레벨 83의 몬스터로 세 개의 머리가 달린 늑대다. 몸집은 조금 과장해서 작은 집채만 한 크기고 이마에는 크고 예리한 뿔이 있다. 그 탓에 앞발 공격, 돌진, 물어버리는 공격 모두가 치명적이라고 볼 수 있었다.

"스켈레톤 군마 소환."

그러나 무혁은 사냥 의뢰라는 사실만으로도 충분히 만족스러웠다.

무혁이 올라타 명령을 내리자 군마가 움직이기 시작했다.

따그닥, 따그닥.

유저들의 시선을 무시한 채 워프게이트로 향했다.

카브린 마을의 서문에서부터 약 10분을 달려 도착한 작은 산맥이 무혁이 사냥해야 할 트리플 울프의 서식지였다.

근처에 다다르자 군마의 속도를 늦춰 느긋하게 나아갔다.

산맥의 초입에 들어서는 것과 동시에 스켈레톤을 소환했다. 나타난 33마리의 스켈레톤 중 8마리의 강화 스켈레톤을 선두에, 그 뒤로 검뼈를 일렬로 늘어뜨린 후 진격시켰다.

강활과 아처는 무혁 근처에 두었고, 메이지는 무혁의 뒤쪽에 자리를 잡았다.

키릭, 키리릭.

스켈레톤 특유의 소리가 사방에서 울렸다.

듬직한 녀석들.

흡족해하고 있는 그때, 늑대의 소리가 들려왔다.

정지.

주변을 훑었다.

크르르.

울음소리가 조금씩 커졌다. 한두 마리가 아니었다.

가만히 기다리니 여섯 마리의 트리플 울프가 나타났다. 레벨 83의 몬스터가 여섯 마리가 되니 조금 압박이 오기는 했지만 무혁은 믿었다.

현재의 자신과 또, 이전보다 더욱 강력해진 소환수를.

군마에서 내린 후 허리춤에 차고 있던 검을 뽑아 들었다.

변형.

검이 활로 변했다. 시위에 활을 걸고 스킬을 사용한 다음 한 마리를 겨냥해 화살을 날렸다.

파앙!

놈이 몸을 비튼 탓에 미간을 맞추진 못했지만 그래도 어깨에는 꽂혔다.

[580의 대미지를 입힙니다.]

[1,114의 추가 대미지를 입힙니다.]

[특수 상태 이상 '과다출혈'이 발동됩니다.]

떠오른 대미지를 보며 흡족하게 웃었다. 물론 지휘도 멈추지 않았다. 어느새 강화뼈 여섯 마리가 사방으로 퍼진 상태였다. 트리플 울프 한 마리씩을 전담하는 사이 검뼈가 다가와 보조했다. 남은 두 마리의 강화뼈는 궁수와 메이지를 지키도록 했다.

강활, 활뼈 연사.

뻗어 나가는 뼈 화살이 놈들의 신체를 가격했고 무혁은 호기심을 이기지 못한 채 상세 정보를 열어 들어간 대미지를 확인했다.

[강활1이 220의 대미지를 입힙니다.]

[강활2가 219의 대미지를 입힙니다.]

……

상당한 대미지가 끊임없이 들어갔다. 상세 정보를 계속해서 확인하며 조금씩 트리플 울프를 한곳으로 모았다.

메이지 공격 준비.

이후 완벽하게 한자리에 모였을 때.

콰과과광!

여섯 가지 속성의 마법이 터졌다.

[강화 메이지가 738의 대미지를 입힙니다.]
[메이지1이 517의 대미지를 입힙니다.]
[메이지2가……]

강화 메이지와 일반 메이지의 대미지 차이가 한눈에 들어왔다.

이 정도면 파악은 됐고.

무혁은 상세 정보를 꺼버렸다.

변형.

활이 지팡이로 변했다.

죽은 자의 축복.

보랏빛이 트리플 울프의 전신을 휘감았다.

[1,233의 대미지를 입힙니다.]

다시 변형을 사용하자 지팡이가 검이 되고.

윈드 스텝과 풍폭을 사용해 트리플 울프의 지척까지 한순간에 접근해 머리를 노리며 검을 내려쳤다.

[크리티컬이 터집니다.]
[700의 대미지를 입힙니다.]
[1,340의 추가 대미지를 입힙니다.]

섬뜩한 느낌과 함께 반쯤 너덜거리는 목의 상처로부터 은빛이 새어 나왔다.
크워어어어억!
포효를 무시한 채 반대로 돌아가 목 하나를 더 그었다.

[크리티컬이 터집니다.]
[701의 대미지를……]

그렇게 세 마리의 목을 공격해 치명타를 입혔다.
강활, 활뼈 전원 연사.
지휘를 내림과 동시에 또 다른 트리플 울프에게로 향했다. 그렇게 여섯 마리에게 모두 세 번의 치명타를 입히고 메이지가 위치한 곳으로 물러났다.
변형.
검을 활로 바꾼 후 시위에 화살을 걸었다.

강화뼈1, 2는 뒤로 이동! 강화뼈3은 왼쪽으로, 강화뼈4는 오른쪽으로.

다시 한번 흩어진 트리플 울프를 한자리로 모았다.

메이지 마법 준비, 강화뼈 전원 뒤로 후퇴.

그 행동으로 트리플 울프가 중앙에 모였다. 기회는 지금이었다.

콰과과광!

메이지 여섯 마리의 마법이 다시 한번 터졌고 폭발을 뚫고 들어간 뼈 화살이 놈들의 숨통을 끊어버렸다.

[경험치가 상승합니다.]

[트리플 울프의 심장(퀘스트)을 획득합니다.]

인벤토리에서 심장을 꺼내보니 기이한 모양이었다.

징그럽네.

곧바로 다시 집어넣은 후 앞으로 향했다.

강화뼈3이 트리플 울프의 돌격을 방패로 막았다.

[143의 대미지를 입습니다.]

옆에 있던 강화뼈4가 검을 휘둘렀다.

서걱.

211의 대미지가 들어갔다. 트리플 울프가 울부짖으며 점프해 앞발로 강화뼈4의 어깨를 깨물었지만, 뼈의 굵기가 상당해 쉽게 부서지지 않았다.

방패로 방어하던 강화뼈3이 그 순간 움직였다. 연달아 검을 휘둘러 놈에게 타격을 입힌 것이다.

[222의 대미지를 ⋯⋯.]

그러나 트리플 울프는 쉽지 않았다.

크와아아악!

놈의 돌진과 앞발 공격도 위협적이었지만 무엇보다도 깨물기 공격의 대미지가 상당했기 때문이다.

머리가 세 개다 보니 공격도 세 번 연속으로 들어오는 게 문제였다. 지금도 강화뼈3이 방패로 막았지만 어느새 옆으로 비집고 들어와 허벅지를 물어버렸다.

[412의 대미지를 입습니다.]
[421의 대미지를 입습니다.]
[416의 대미지를 입습니다.]

세 개의 머리가 동시에 깨문 탓에 HP가 1,200이 넘게 줄어 버렸다.

죽은 자의 축복.

다행스럽게도 적당한 타이밍에 무혁이 회복시킬 수 있었지 만, 시간이 지나면서 당연히 두 마리 강화뼈가 밀릴 수밖에 없 었다.

강화뼈의 HP는 높아야 3천 수준이었지만 트리플 울프의 HP는 무려 4만이었으니까.

그럼에도 무혁은 별다른 조처를 하지 않았다. 어차피 트리 플 울프가 1마리만 남은 상태였기에 강화뼈의 강함을 확인할 기회였다.

키리릭!

강화뼈를 한계까지 몰아붙였다. 덕분에 트리플 울프에게 입 힌 대미지는 1만이 조금 넘었다.

3마리라면?

강화뼈1 돌진.

세 마리 강화뼈가 놈을 포위한 채 무차별적으로 검을 휘두 르기 시작했다.

물론 공격을 당하는 강화뼈는 방패를 들어 올려 피해를 최 소화했다. 강화뼈의 줄어드는 HP와 들어가는 피해량을 철저 하게 계산했다.

흐음, 대략 3만 초중반인가.

강화뼈 세 마리에 활뼈 한 마리면 트리플 울프를 상대할 수 있다는 결론이 내려졌다.

아주 만족스러웠다. 이제 놈을 처리해야 할 때였다.

강활, 활뼈 연사.

아홉 대의 뼈 화살이 뻗어 나가고, 파앙! 소리와 함께 또다시 아홉 대의 화살이 쏘아졌다.

총 18대의 화살, 한 발에 150에서 250 사이의 대미지.

최소 3천의 HP가 단번에 빠졌다.

마무리는 무혁이 맡기로 했다. 풍폭과 강력한 활쏘기의 연계에 크리티컬이 터지면서 녀석이 죽었다.

[트리플 울프의 심장(퀘스트)을 획득합니다.]

강화 스켈레톤이 많이 늘어난 덕분에 사냥이 엄청나게 쉬워졌다. 트리플 울프가 83레벨 몬스터임에도 큰 어려움이 없었다.

저벅.

다시 앞으로 나아갔다. 다시 두 마리의 트리플 울프가 나타났다. 이번에는 무혁이 나설 필요도 없었다. 오직 스켈레톤만으로 놈들을 상대했다.

크, 크워어어!

강화뼈 4마리가 하나의 조가 되어 한 마리의 트리플 울프를 맡았다. 강화뼈의 좌, 우측에는 검뼈가 자리를 잡은 상태였다.
총 9마리의 스켈레톤이 둘러싸고 검을 내지르니 트리플 울프
도 어쩔할 방법이 없었다.

그뿐 아니라 몇 초에 한 번씩 날아드는 뼈 화살이 곳곳에
박히며 움직임을 불편하게 만들었다.

4만이라는 HP도 빠르게 줄어들었다.

일단의 무리가 트리플 울프의 서식지로 들어섰다.

"여기라고?"

"어, 분명히 이 근처에서 봤다니까."

"진짜 길드장님한테 말 안 할 거야?"

"굳이 말할 필요가 있냐?"

"그래도……."

"야, 야. 우리가 발견한 거야, 괜찮아."

"그래, 괜찮아."

"그, 그런가?"

"그렇다니까."

어느새 다섯 명의 유저 모두가 키킥거리며 웃었다.

"근데 몇 레벨 던전인지는 확인 못 했잖아."

"이제 해야지."

"처음에 메시지 뜨지 않나?"

"특수 던전이라고는 나왔는데 레벨은 안 나오더라. 더 들어가면 나왔겠지만 혼자서 가기는 좀 그래서 일단 너희부터 부른 거야."

"잘했어."

"뭐, 낮은 던전이면 그냥 팔아버리자고."

"저레벨 길드원에게 주기 아깝긴 하지."

"크큭, 높으면?"

"당연히 나중에 우리가 클리어해야지."

그들은 연신 떠들어 댔다.

크르르.

그러다 나타난 세 마리의 트리플 울프와 전투를 펼쳤다.

"십자 베기!"

"내려찍기!"

두 명의 전사가 세 마리의 트리플 울프를 붙잡고 한 명의 궁수가 연이어 화살을 날려댔으며, 한 명의 마법사는 강력한 마법 준비를 했고, 나머지 사제는 둘의 상태를 일일이 체크하며 힐을 사용했다.

"피해!"

"오케이!"

전사 두 명이 물러나고.

"불꽃의 주먹!"

하늘에서 불꽃으로 이뤄진 주먹이 아래로 내리꽂혔다.

쿠우웅.

상당한 대미지에 트리플 울프가 순간 비틀거렸다.

"좋아, 다시!"

유기적인 반복 공격으로 세 마리의 울프를 처리한 그들이 히죽거리며 웃었다.

"이 정도야 껌이지."

"83레벨 몬스터가 약한 편이긴 한데 잘못하면 다섯 마리씩 나오니까. 그게 조금 까다로워서 유저가 별로 없지. 우리도 사실 길드 지원 못 받았으면 힘들었을지도 모르고."

"흐음, 평범한 유저면 80레벨 중반 세 명은 모여야 다섯 마리까지 처치가 되려나?"

"아마도."

"크큭, 우리는 80레벨 초반인데도 어렵지 않네."

"아이템이 워낙 좋으니."

"맞아, 던전도 두 번이나 깨뜨렸고."

물론 일반 던전이긴 했지만.

"이번 던전도 레벨 높았으면 좋겠다. 그럼 세 번째 클리어가 되는 거잖아."

"초거대 길드 아니면 세 번이나 깬 유저가 있을까?"

"거의 없을걸."

"크큭, 게다가 이번 던전은 특수 던전이니."

"대박인 거지."

"보상도 죽이겠다."

그렇게 떠들면서 한참을 나아갔다.

초입을 지나 중턱으로, 거기서 길이 아닌 왼쪽으로 꺾었다. 안 그래도 유저가 별로 없는 사냥터였는데 길이 아닌 곳으로 오니 단 한 명도 보이지 않았다.

"야, 근데 어디야?"

"조금만 더 가면 돼."

그 말을 하자마자.

따그닥, 따그닥.

말을 타고 나아가는 한 명의 유저를 발견할 수 있었다.

"혼자서 사냥하는 건가?"

"아, 왜 하필."

"그냥 무시하고 가자."

그런데 유독 한 사람의 표정이 좋지 않았다. 여기까지 안내한 사내였다.

"왜 그래?"

"아니, 저길 무조건 지나가야 하거든."

"지나가면 되지."

"조금만 더 이동하면 밑에 나무 판자가 있는데 바로 그 아래가 던전이거든. 근데 저 유저가 그 라인을 딱 밟고 있어서."

"그 판자를 밟으면 메시지 뜨는 거지?"

"어."

"아, 시발."

"어떡하지?"

"일단 기다려 보자."

"만약 저 유저가 판자 밟으면?"

"어차피 특수 던전이면 50명까진 가능하잖아."

"먼저 들어가면 저 유저가 죽거나 클리어할 때까지 우린 기다려야 되잖아."

"아, 그러네."

여성 마법사가 끼어들었다.

"어떡할 거야? 빨리 정해."

"아, 몰라. 거대 길드 소속일 수도 있는데 막무가내로 죽일 수도 없잖아."

지켜보던 마법사가 한숨을 쉬었다.

"하아, 한심하긴. 기다려."

"어쩌게?"

"그냥 지켜보기나 해."

여성 마법사가 걸음을 내디뎠다. 그리곤 말을 타고 이동하는 사내의 옆으로 이동해 화사한 미소를 지으며 인사했다.

"안녕하세요?"

이미 뒤쪽에서 기척을 느끼고 있던 무혁이었다.

스윽.

고개를 돌려 그녀와 얼굴을 마주했다.

이렇게 깊게 사냥은 온 건가?

뭔가 다른 게 있어 보이는 눈치였다. 게다가 이 여자가 오기 전 뒤쪽에서 상당한 소란을 느꼈다. 대화는 들리지 않았지만 분명했다.

뭔가 귀찮아질 것만 같은 예감이 들었기에 대답을 하지 않았는데 그녀는 상관없다는 듯 말을 이어갔다.

"혹시 저희 길드에 가입하실래요?"

"네?"

"나름 큰 길드예요. 여기서 혼자 사냥하는 거 보니 레벨도 되시는 것 같고."

"아뇨."

"아, 길드가 있으시구나."

"그건 아닙니다만."

"그래요?"

"네."

"알겠어요."

여성 마법사가 쿨하게 돌아갔다.

아아, 그렇군.

동시에 그녀의 속셈을 깨달았다.

스켈레톤 군마, 역소환.

군마에서 내린 후 역소환하고 느긋하게 걸음을 내디뎠다.

같은 시각.

동료에게 다가간 마법사가 입을 열었다.

"길드 없대."

"그거 알아보러 간 거야?"

"어, 무기는 검이더라."

네 명의 남성 유저가 비릿하게 웃었다.

"알고 보면 얘가 제일 잔인하다니까."

마법사 유저가 미간을 찌푸렸다.

"헛소리는 그만하고. 어쩔 거야, 이제?"

"뭘 어째? 길드도 없다면서."

"게다가 혼자고."

서로를 보며 고개를 끄덕였다.

"죽이자."

어차피 길드가 없는 유저라면 설령 상위 랭커라 하더라도 길드의 힘으로 짓눌러 버리면 된다. 혼자서 길드와 싸울 순 없는 법이기에 결국 먼저 고개를 숙이게 마련이었다. 그게 일루전에 통용되는 일반론이었다.

"일단 말거는 척하면서 거리부터 좁혀."

"알았어, 그리고?"

"뻔하잖아, 나랑 같이 쑤셔 버리자고."

이야기를 나눈 두 명의 사내가 앞장을 섰다.

저벅.

속도를 높여 무혁과 거리를 좁혔다.

"근데 말에서 왜 내렸지?"

"알게 뭐야."

그사이 지척에 도달했다.

"저기, 실례합니다."

무혁이 고개를 돌렸다.

"무슨 일인지."

"아, 방금 전 마법사 유저랑 동료인데요. 사실 이 녀석이
랑……."

시선을 마주한 두 사내가 눈짓했다.

스팟.

동시에 검을 뽑아 휘둘렀다. 하지만 예상과 다른 감각이 손
에서 느껴졌다.

"흐읍……!"

무혁이 방패로 공격을 막아버린 것이다.

메시지를 확인한 무혁의 입가에 미소가 떠올랐다.

[유저 '게리초프'와 적대 관계에 돌입합니다..]
['게리초프' 유저가 속한 '굿잡' 파티와 적대 관계에 돌입합니다.]
[정당방위가 성립됩니다.]

공격을 당했으니 정당방위 성립, 죽이게 될 경우 50퍼센트의 확률로 아이템 획득!

어찌 기분이 좋지 않으랴.

"스켈레톤 전사 소환."

뒤로 물러나려는 두 명의 근접 유저를 스켈레톤 18마리가 포위했다.

"뭐야! 네크로맨서였어?"

네크로맨서의 약점은 누구나 안다. 빈약한 체력과 방어력.

"스켈레톤은 무시하고 저 새끼만 노려!"

게리초프가 뒤를 보며 외치자 궁수가 화살을 날렸다.

스윽.

무혁은 강화뼈1의 뒤로 이동했다.

카강!

강화뼈1이 방패로 화살을 막았고 무혁은 천천히 입을 열었다.

"스켈레톤 궁수 소환."

전사에 이어 궁수 9마리를 소환했다.

그 순간, 마법이 날아왔다.

콰과과광!

강화뼈 전원이 자세를 낮추며 방패를 들었다. 잘 막아낸 덕분에 피해는 거의 없었다. 스켈레톤 궁수와 무혁은 강화뼈의 뒤에 있던 터라 멀쩡한 상태였다.

무혁은 아직 끝나지 않은 소환을 이어갔다.

"스켈레톤 메이지 소환."

마지막으로 나타난 메이지 여섯 마리까지 총 33마리의 스켈레톤이 무혁의 주변에 모습을 드러냈다.

"시, 시발. 이게 뭐야?"

"미친……!"

무혁의 공격이 시작됐다.

전원 공격!

뼈 화살이 허공을 수놓고.

파앙!

여섯 가지 속성의 마법이 강력한 폭발을 만들었다.

콰과과광!

그 장관에 적대 관계가 된 유저들 전원이 굳어버렸다. 무엇보다도 놀라운 건 스켈레톤들의 공격에 근접 유저 두 명이 순식간에 녹아버렸다는 사실이었다.

"스켈레톤 따위가 어떻게……!"

스켈레톤의 공격을 받고 이렇게 빨리 죽는 것이 가능하기나 한 일인가. 도저히 믿을 수가 없었지만, 눈앞에서 벌어진 일은 분명 현실이었다.

이 상황에서 선택은 한 가지뿐이었다.

"튀, 튀어!"

하지만 무혁이 놓아줄 리 없었다.

강활, 활뼈 연사.

뼈 화살이 쏟아진 직후 무혁 역시 지면을 찼다.

윈드 스텝, 풍폭.

기껏해야 궁수와 사제, 마법사였다. 무혁의 몸놀림에 조금이라도 반응할 수 있는 직업이라고 해봤자 궁수 한 명이 전부였다. 지금 날아가는 뼈 화살을 피할 수 있는 유저도 궁수 한명뿐일 테고.

예상대로였다.

퍼벅.

뼈 화살이 마법사와 사제의 등에 꽂혔고 궁수는 스텝을 이용해 뼈 화살을 피했다.

"흐읍!"

그 순간, 궁수가 갑자기 상체를 비틀더니 시위를 놓았다.

바람을 꿰뚫고 쏘아진 화살이 무혁의 얼굴로 날아들었다. 피하지 않으면 정말 얼굴에 화살이 꽂힐 것 같았다. 상당한 정확도에 감탄하며 방향을 꺾었다.

변형으로 검을 지팡이로 만든 후 스킬을 사용했다.

죽은 자의 축복.

보랏빛이 궁수 유저의 몸을 휘감았다.

"힐 좀 줘!"

사제가 스킬을 사용하기 직전 무혁이 그의 측면에 도착했다. 지팡이를 검으로 다시 변형한 후 그대로 휘둘러 사제의 전신을 난자했다.

사제가 다급히 방패로 막았으나 무혁은 반대편으로 이동해 방패가 없는 곳만을 다시 공격했다.

　HP가 적은 직업의 특성상 무혁의 대미지를 견디는 건 쉽지 않았다. 사제는 결국 얼마 버티지 못하고 죽어버렸다.

　툭.

　사제가 무언가를 떨어뜨렸다.

　그것을 주워 인벤토리에 넣은 후 마법사를 쫓아갔다.

　"불꽃의 주먹!"

　하늘에서 떨어지는 주먹이 무혁을 강타했다.

　쿠우웅.

　범위가 넓어 피할 수가 없었다.

　"돼, 됐어!"

　먼지가 가라앉고 참상이 드러났다. 거대한 구멍엔 어떠한 흔적도 없었다.

　"죽었어, 죽은 거야!"

　"뭐? 진짜?"

　"어, 네크로맨서니까 HP가 적었겠지!"

　"후우, 다행이다."

　마법사와 궁수가 한곳에 모였다.

　"그럼 스켈레톤도 사라졌⋯⋯."

　고개를 돌린 두 사람이 미간을 찌푸렸다. 스켈레톤은 사라지지 않았다.

뭐지?

의문이 드는 순간.

퍼엉!

마법사 유저의 뒷목 일부가 갈라지며 폭발이 일어났다.

[크리티컬이 터집니다.]

[740의 대미지를 입힙니다.]

[1,380의 추가 대미지를 입힙니다.]

[특수 상태 이상 '과다출혈'이 발동됩니다.]

2천이 넘는 HP가 단번에 줄어들었다. 마법사는 당황하며 허우적거렸고 그 틈을 노려 두 번을 더 공격했다. 너무나 허무하게 그녀도 목숨을 잃었다.

스윽.

마지막 남은 궁수 유저를 쳐다봤다.

"어, 어떻게……."

세트 효과 은신을 사용하여 죽은 것처럼 위장한 것이지만 적에게 그 사실을 알려줄 필요는 없었다.

그보다 갑자기 왜 공격을 했는지 확실히 알아야 했다. 짐작 가는 게 있었기에 툭 하고 던져 봤다.

"던전?"

궁수의 표정이 굳었다.

"맞네."

확인했으니 처리할 차례였다.

파밧.

빠르게 그에게 달려갔다. 궁수이기에 접근만 하면 그 뒤로는 크게 어려운 상대는 아니었다.

"크읍, 개자식!"

"내가 할 말이지."

검을 그어 마무리를 지었다.

"다음에 보면……."

사라지면서도 말을 하는 것을 보니 꽤 짜증 나는 모양이었다. 정작 먼저 시비를 건 것은 그들이면서 말이다.

"꺼져."

검을 휘둘러 잔상마저 지워 버렸다.

툭.

이후 궁수가 떨어뜨린 아이템을 주웠다.

[재빠른 귀걸이]

민첩 +1

공격 속도 +1%

이동속도 +1%

내구도 110/110

사용 제한 : 민첩 40

귀걸이는 그냥 폐급이었다. 인벤토리에 넣을 가치도 없었기에 그냥 버려 버렸다.

툭.

곧바로 사제가 흘린 아이템을 확인했다.

[증폭의 지팡이]

마법 공격력 140

지식 +3

회복 계열 효과 +10%

내구도 130/130

사용 제한 : 지식30, 지혜30

지팡이는 상당히 괜찮았다.

회복 효과라.

아마 사제의 경우 재접속을 하면 지팡이를 잃어버려 울부짖을 것이 분명했다. 그렇다고 돌려줄 생각은 없었다.

팔아야지.

바로 경매장에 올려 버렸다.

72시간, 시작 가격은 50골드로.

이제 다섯 명의 유저가 무혁을 공격한 원인이라고 볼 수 있는 던전의 위치를 찾을 때였다. 너무나 갑자기 공격을 해온 것으로 봐서는 분명히 이 근처에 있는 것 같았다.

스켈레톤을 역소환한 후 가던 길을 나아가며 주변을 꼼꼼히 살폈다. 그러다 바닥에서 이질감을 느낀 무혁이 고개를 숙였다.

스슥.

발끝으로 나뭇잎을 치우자 나무 판자가 보였다.

메시지가 떠올랐다.

[특수 던전을 발견했습니다.]

무혁의 표정이 밝아졌다.

여기였구만.

나무 판자를 들어 올리니 아래로 내려가는 계단이 나타났다. 조심스럽게 내려가니 좁은 길목의 끝에 문이 보였다.

저벅.

다가가서 문을 밀었다.

['입장 레벨(80)'을 초과했습니다.]

80레벨 제한의 특수 던전이었다.

흐음.

레벨 때문에 직접 입장은 불가능했지만, 이득을 볼 방법이 없는 건 아니었다.

영상 녹화.

무혁은 영상 녹화를 시작했다. 천천히 돌아다니며 주변을 찍은 후 던전 밖으로 나갔다. 녹화를 종료한 후 다시 돌려봤다. 던전임을 확신할 수 있으나 위치는 알 수 없었다.

이제 이 영상을 토대로 이곳 던전의 위치를 판매할 생각이었다. 예전에 동영상으로 찍어뒀던 30레벨 일반 던전에 관한 정보도 이번에 팔기로 했다.

물론 그러기 위해선 던전의 유무를 확인할 필요가 있었다.

[B등급 승급 의뢰]
트리플 울프를 사냥하여 그 전리품으로 심장을 획득할 것.
남은 심장 수(91/100)

일단 퀘스트부터, 승급 의뢰부터 마무리 짓기로 했다.
9개만 더 모으면 되니까.
크르르.
마침 트리플 울프가 나타났다.

트리플 울프의 심장 100개를 모은 무혁은 스켈레톤 군마를 타고 위브라 제국으로 돌아가 승급 의뢰를 마쳤다.

[용병 등급이 'B등급'으로 상승합니다.]

의뢰를 조금 훑어봤다.

"B등급 의뢰만 보여주세요."

"알겠습니다."

생각보다 많지 않은 의뢰였지만 확실히 난이도가 증가한 게 눈에 보였다.

그만큼 보상도 크지.

그때 한 가지 퀘스트가 눈에 들어왔다.

[던전을 찾아라!]

75레벨 이상의 던전을 찾아낼 것.

[성공할 경우 : 1천 골드]

이건 누가 보더라도 유저가 의뢰했음을 알 수 있었다.

1천 골드라?

어차피 팔 생각이었지만 가격이 너무 낮았다.

그래도 특수 던전인데 아깝지.

2천 골드 이상이었다면 신중하게 고민했겠지만 1천 골드는 볼 것도 없었다. 곧바로 다른 의뢰를 살피기 시작했다.

흐음.

아직은 적당한 게 보이지 않았다.

"의뢰가 몇 개 없네요."

"아, 죄송합니다. 해당 등급의 유저가 많아야 의뢰도 받을 수 있는데 수가 적은 편이라 의뢰를 가려 받고 있습니다. 그래도 최근 B등급 유저가 꽤 늘어난 덕분에 다음 주부터는 괜찮은 의뢰가 꽤 들어올 겁니다."

"그렇군요."

한마디로 지금은 없다는 이야기다.

던전 관련 정보부터 팔자.

결정을 내리고 용병 길드를 나왔다.

"스켈레톤 군마 소환."

군마에 올라탄 후 다크 타이거의 서식지로 향했다.

다크 타이거의 서식지 부근에는 30레벨 일반 던전이 있다. 과거 리자드맨 나이트를 사냥했던 장소인데 그곳의 위치와 관련 정보를 판매하기 위해선 해당 던전이 아직까지 존재하는지 파악해야 했다.

군마가 무서운 속도로 질주를 한 덕분에 순식간에 목적지에 도착할 수 있었다.

천천히.

그제야 속도를 줄였다.

"파이어 어택!"

"대쉬!"

"그레이트 힐!"

"윈드 토네이도!"

유저가 바글바글했지만 던전을 발견하는 건 결코 쉬운 일이 아니다. 위치도 애매한 곳이라 크게 걱정하지 않았다.

앞으로.

서식지 안쪽으로 계속 들어가자 유저의 수가 줄어들었다.

더 깊게 길이 아닌 곳으로 이동하니 조용했다. 유저가 거의 없었기 때문이었다.

조금 더.

얼마간 더 나아가던 무혁이 갑자기 스켈레톤 군마를 자리에 멈춰 세웠다. 저 멀리 일단의 무리가 보인 탓이었다.

스켈레톤 군마 역소환.

스슥.

기척을 숨긴 후 다가가 나무기둥에 몸을 숨겼다.

"정보를……"

대화가 들려왔다.

걱정이 가득한 목소리였다.

"정보를 사볼까?"

"정보?"

"어, 혹시라도 여기 먼저 클리어한 유저가 있을 수도 있잖아. 위치는 안 밝히고 30레벨 일반 던전이라는 것만 밝히면 연락이 올 수도 있을 것 같은데."

"으음, 괜찮을까?"

"거짓 정보를 주고 여기로 오겠다고 하면?"

"그건 걸러야지."

그때 한 남성이 고개를 저었다.

"아서라, 그러다 뺏겨."

남자 셋, 여자 셋으로 이뤄진 파티였는데 그 사내의 말에 다들 수긍했다. 아무래도 그가 이 무리의 리더인 모양이었다.

"현호 형, 그럼 그냥 들어갈 거야?"

"그게 문제인데……."

던전은 분명히 좋은 컨텐츠다. 하지만 레벨이 정확하게 정해져 있다는 점과 한 번 죽으면 다시는 도전할 수 없다는 점이 부담으로 다가온다. 그렇기에 던전에 들어가기 전에 만반의 준비를 하는 것이었다.

"진짜 이게 계륵이네."

"하아, 그러게."

"도전을 하긴 해야 하는데, 이거 참."

"진짜 안전하고 확실한 정보만 있으면 그걸 구매하는 게 최고인데."

"그렇지, 그게 없으니 문제지."

잠시 대화가 멎었다.

그 순간 저 멀리서 누군가가 다가왔다. 그들의 이야기를 모두 들은 무혁이 뒤로 물러나서 일부러 기척을 낸 것이다.

"어, 유저······?"

여섯 유저의 표정이 굳었다.

무혁은 그들을 지나치며 일부러 시선을 한 번도 주지 않았다. 그러면서 너무나 당연하게 던전으로 다가갔다.

"헙, 허, 형."

"보고 있어."

"젠장, 완전 알고 가는데?"

"어쩌지?"

현호 유저가 한숨을 쉬었다.

"다들 가자."

"어? 진짜?"

"어쩔 수 없잖아."

"그래도······."

"차라리 조금 기다려 보는 건 어때?"

"기다리자고?"

"응, 저 유저 던전에 안 들어갈 수도 있잖아. 기다렸다가 그냥 가면 곧바로 우리가 던전에 들어가면 되잖아."

"저 유저가 거대 길드 소속이면?"

"어, 그건."

"잘못하면 거대 길드에서 척살령 떨어져."

"아······."

그들이 혼란에 빠졌을 때, 무혁은 던전이 멀쩡하게 있음을 확인한 후 다시 그들에게로 돌아갔다.

"실례합니다."

"에……?"

"보니까 던전에 들어가려는 것 같은데."

현호가 나섰다.

"아, 죄송합니다. 길드가 이미 점령한 건지도 모르고."

"아뇨."

"네?"

"그냥 들어가셔도 됩니다. 저는 그냥 혹시나 정보가 필요할까 싶어서 말을 건 겁니다."

이야기를 듣고 있던 다섯 유저가 다가왔다.

"정보요?"

"네, 제가 예전에 저 던전을 클리어하면서 동영상을 찍어뒀거든요."

"헐, 진짜요?"

"대, 대박! 그 정보를 파는 건가요?"

"네."

그 순간 현호가 손을 뻗었다.

이상했다.

어떻게 이렇게 절묘하게 나타나서 또 이렇게도 절묘하게 가려운 부분을 긁어준단 말인가.

일루전은 분명 좋은 게임이었지만 그 게임을 즐기는 많은 유저는 현실과 일루전에서의 모습이 많이 달랐다. 현실에서는 좋은 매너남이 일루전에서는 살인마가 되기도 한다. 그렇기에 언제라도 경계해야만 했다.

"으음, 갑자기 왜 정보를 판다는 건지."

"던전이니까요."

할 말이 없었다.

던전⋯⋯. 그 말 한마디가 모든 것을 품고 있었으니까.

"한 번 죽으면 끝나니 신중해야 하지 않을까요? 마침 저도 던전 정보를 팔려는 참이었습니다. 그래서 던전이 아직 있는지 확인하려고 온 거고요."

무혁의 말에는 허점이 없었다.

당연했다. 그게 사실이었으니까.

"잠시 저희끼리 이야기 좀."

"그러시죠."

현호가 동료들을 데리고 물러섰다.

"어떻게 생각해?"

"저 유저?"

"어, 진짜 동영상이 있을까?"

"거짓말은 아닌 것 같던데."

"나도. 여기까지 혼자 와서 던전도 확인했고, 진짜 팔 생각이었나 봐."

"우리가 사는 게 좋을 것 같아."

"만약 사면 가격은?"

"음……."

오랜 시간 대화가 이어졌지만, 무혁은 묵묵히 기다렸다.

10분 정도가 더 흘렀을 즈음 한 명이 무혁에게 다가왔다.

"기다리게 해서 죄송합니다."

"괜찮아요. 그보다 결정은 하셨나요?"

"네, 정보를 구매하고 싶습니다."

무혁이 고개를 끄덕였다.

"그럼 가격 이야기를 해야겠죠?"

"물론이죠! 얼마에 판매할 생각이신지."

"그전에 한 가지 묻겠습니다."

"어떤 것을……?"

"여섯 명이 전부인가요?"

"네, 그렇습니다만."

그렇다면 이들에게 정보를 팔고 다른 이에게도 정보를 팔수 있다.

일반 던전은 총 100명을 수용할 수 있는데 아직도 던전이 있다는 건 길드에 소속된 유저는 발견하지 못했다는 이야기가된다.

물론 소수의 파티로 이뤄진 유저가 발견했을 가능성이 있지만 그래도 최소한 50명 이상의 유저는 더 들어갈 수 있으리라.

넉넉잡아 90명, 물론 이들을 제외한 수치였다.

"300으로 하죠."

"300이요?"

그래서 값을 싸게 불렀다.

"대신 던전의 위치를 다른 사람에게 절대 알리지 말 것."

"으음."

"참고로 던전을 클리어하고서 제가 획득한 아이템의 가격이 150골드 이상이었습니다."

현호도 충분히 수긍이 가는 금액이었다. 사실 500골드 이상을 생각하고 있었으니까. 게다가 어차피 던전 위치를 알릴 생각도 없었기에 거절할 이유가 없었다.

"구입하겠습니다."

"좋습니다."

무혁이 시스템을 열어 영상을 그에게 넘겼다.

현호가 초반부를 확인했다. 확실히 방금 전 발견한 던전과 같았다.

내부로 들어서는 모습과 장면을 넘겨 몬스터와의 전투 장면도 확인하고 거기서 멈췄다.

"지금 드리겠습니다."

"원하시는 대로."

이어 거래를 요청했다.

[유저 '현호'와 거래하시겠습니까?]
[Yes/No]

거래를 통해 300골드를 받았다.

"그럼, 이만."

"아, 네."

무혁은 유유히 그곳을 떠났다.

4일이면 되겠지.

방금 던전에 관한 정보를 구매한 이들이 클리어할 때까지의 시간으로는 절대 부족하지 않을 것이다.

무혁은 그 이후 이곳에 관한 정보를 팔 생각이었다. 내부 몬스터와 아이템에 관한 정보가 있으나 던전의 레벨이 낮으니 1,500골드 정도.

80레벨 던전은 위치만 알고 있으나 특수 던전임을 감안하여 최소 2천 골드 이상을 생각하고 있었다. 솔직히 3천 골드 정도까지 예상하고 있었지만, 관심이 많지 않을 수도 있기에 큰 기대는 하지 않았다.

그래, 2천 이상에만 팔자.

사냥터를 벗어난 무혁은 안전한 곳에서 로그아웃을 하고 일루전 홈페이지에 접속해 팁 게시판에 올라갈 글 하나를 작성하기 시작했다.

제4장
던전 판매?

무혁의 글이 핫이슈로 떴다. 엄청난 속도로 조회수가 올라
갔다.

└ 유리 : 뭐죠, 이건? 거래 게시판으로 가야 하는 거 아닌가?

└ 아썸 : 뭐 팁 게시판에 온 게 잘못된 건 아니죠. 사실 누가 이런
생각을 했겠습니까? 마지막 문구에도 적혀 있지만 이것도 일종의 팁이
라고 봐도 무방하지 않을까 싶네요.

└ 거리들 : 아썸 님 말에 동의요.

└ 캐리 : 그보다 이거 누가 살까?

└ 뮤턴트 : 거대 길드가 사지 않겠음?

└ 앙꼬 : 진짜 대단하다.

많은 댓글이 달렸다.

게시판 논란도 있었지만 그건 묻혀 버렸다.

└ **나타니엘 : 지금도 조회수 급상승!**

└ **쌩쌩 : 이미 연락 갔겠지?**

하루 동안 수십만 명이 확인했다. 당연히 이슈가 되었다.

포르마 대륙 순위 50위에 속한 히즈곤 길드장이 갑작스러운 부길드장의 말에 고개를 갸웃거렸다.

"단장들을 소집하라고?"

"어."

"왜?"

"홈페이지 안 보냐?"

"안 봐. 뭔 일 있어?"

"보고 와! 지금 팁 게시판 핫이슈에 있으니까."

"귀찮은데."

"나가서 보고. 곧바로 단장 좀 소집하라고."

"알았다, 알았어."

히즈곤 길드장 태월이 로그아웃을 했다.

뭐기에 저러는 거야.

귀찮은 표정을 숨기지 못한 채 일루전 홈페이지 팁 게시판에 들어갔다.

그러자 상단에 있는 1, 2, 3위의 글과 그 아래 핫이슈로 놓인 게시물 하나가 보였다.

[제목 : 80레벨 특수 던전 판매합니다.]

제목을 보는 순간 미간이 찌푸려졌다.

뭐야? 던전 판매?

의문과 함께 내용을 확인했다.

[내용 : 80레벨 특수 던전을 발견했으나 레벨이 맞지 않아 판매를 결정하게 되었습니다. 이미 제 닉네임으로 올린 글이 꽤 많으니 그 신뢰는 충분하리라 판단……]

태월은 먼저 게시물 아이디를 클릭했다.

아이디로 검색하자 그가 올린 글들이 떴다. 유료 정보에 올린 몬스터 공략법이 가장 먼저 눈에 들어왔다.

아, 이거…….

요즘 꽤 이슈가 되고 있는 글이었다.

이게 이 유저가 올린 거였어?

게다가 뒤쪽으로 가니 붉은 탑에 관한 글까지 있었다. 자유 게시판이나 팁 게시판에서 1, 2, 3위를 한 번이라도 차지하게 되면 게시물 제목이 푸르게 빛나는데 그 관련 글이 바로 그러했다.

허어, 붉은 탑까지.

지금도 생생하게 기억이 난다. 그 역시 붉은 탑에 들어가 피터지게 사냥을 했었으니까. 그러다 공략법이 나와 허탈하게 웃었던 모습도 떠올랐다.

확실히 신뢰는 충분하네.

확인을 마치고 다시 뒤로 돌아가 나머지 글을 읽었다.

[……그런 사정으로 인해서 특수 던전의 위치를 판매하기로 결정을 내렸습니다. 관심이 있으신 분은 쪽지나 메일을 보내주길 바랍니다. 여기서 한 가지를 더 언급하자면 30레벨 일반 던전에 관한 정보도 며칠 후에 판매할 예정입니다. 정확한 위치와 나타나는 몬스터. 그리고 클리어했을 때 획득한 아이템에 관한 것이 포함되어 있습니다. 일단 80레벨 특수 던전의 위치부터 판매한 후 30레벨 일반 던전에 관한 글을 작성하도록 하겠습니다. 혹시나 쪽지나 메일이 너무 많으면 일일이 답장하는 것이 어려울 수도 있으므로 가격도 언급해 주면 감사하겠습니다.]

아래에는 추신이 달려 있었다.

[……마지막으로 이걸 굳이 팁 게시판에 올린 이유는 '던전에 관한 정보 역시 거래를 할 수 있다'라는 걸 알려드리고 싶은 마음 때문입니다. 그럼 이만.]

그리고 글 아래에 던전의 내부를 촬영한 동영상이 있었다. 위치를 확인할 순 없지만 던전을 발견했다는 것이 거짓이 아님을 확인시켜 주는 역할을 했다.

"허어……."

한동안 멍하니 있던 태월이 다급히 휴대폰을 찾아 어딘가로 전화를 걸었다.

"어, 나야. 지금 바로 다른 단장들한테 모두 연락해서 길드 본부 대회의실로 오라고 해."

통화를 종료하고 바로 일루전에 접속하니 부길드장이 기다리고 있었다.

"봤냐?"

"어."

"연락은?"

"다 했어. 대회의실로 가자고."

무려 80레벨 특수 던전이다. 빠른 레벨 업도 좋지만, 무엇보다도 던전을 클리어는 과정에서 얻게 될 이득이나 클리어한 후 받게 될 보상을 놓칠 수 없었다.

특수 던전은 그 보상이 일반 던전보다 훨씬 좋다. 50명 전원이 최소 100만 원에 달하는 아이템을 하나씩만 얻어도 무려 5천이었다.

정말 운이 좋다면 스탯을 보상으로 받기도 한다. 하지만 그렇다고 무작정 높은 가격을 부를 순 없었다. 던전의 위치를 판매하는 사람이 사기를 칠 경우도 생각해야 하고 클리어하지 못할 경우도 생각해야 한다.

또 보상이 쓰레기일 확률도 아예 없는 것도 아니었고. 그래도 분명한 사실 한 가지는 있었다.

길드 랭킹 30위권, 클리어한다면 그 안에 드는 것이 결코 무리가 아니라는 점이었다.

이건 무조건 구입해야지.

길드 마스터가 다짐하는 그때 드디어 단장들이 들어왔다.

회의는 길지 않았다.

"좋아, 그럼 가격은 그렇게 정하고. 난 나가서 메일부터 보내고 올 테니까 기다리고 있어."

로그아웃을 한 후 작성자에게 메일을 보냈다.

[내용 : 반갑습니다. 히즈곤 길드장 태월입니다. 게시물을 보고……]

혹시나 하는 마음으로 수신 확인을 클릭했다.

보낸 시각 19시 45분 42초, 수신 상태는 읽지 않음.

다시 수신 확인을 눌렀다.

수신 상태 읽음, 19시 45분 51초.

무혁이 메일을 확인한 시간이었다.

무혁은 간단하게 저녁을 먹은 후 쪽지를 확인했다.

"……."

미간이 찌푸려졌다.

뭐가 이렇게 많아?

그 짧은 시간 동안 쪽지가 수백 개가 날아왔다. 하나씩 확인했지만 대부분이 그냥 호기심에 보낸 쪽지였다.

무혁은 쪽지 창을 열어둔 채 메일 창을 켰다. 메일로 온 것도 수십 개가 넘었다. 그래도 쪽지와는 다르게 정말 구매의사를 보이는 내용이 꽤 보였다. 하나씩 확인하기 시작했다.

[내용 : 10대 길드에 속한 울트라 길드입니다. 단도직입적으로 말해서 해당 던전의 위치를 1천 골드에 구입할 의사가 있습니다. 단지 위치만이라 그 이상의 가격을 부를 곳이 많지 않으리란 점, 고려하길 바랍니다.]

무혁은 피식 하고 웃으며 메일을 삭제했다.

이것도, 이것도. 무혁은 정한 금액보다 낮은 것은 전부 지워버렸다.

[내용 : 반갑습니다. 히즈곤 길드장 태월입니다. 게시물을 보고 메일을 보내게 되었습니다. 기존 게시물에도 흥미를 지니고 있었는데 이번

에는 80레벨 특수 던전을 판매하는 글을 올려서 꽤 놀란 상태입니다. 꼭 구매하고 싶은 마음에 메일을 보냅니다. 액수는 3,200만 원을 생각하고 있습니다. 혹시 더 높은 가격을 생각 중이더라도 꼭 답장을 보내주시면 감사하겠습니다. 그럼 기다리고 있겠습니다.]

3,200만 원이 나왔다.

호오.

2천만 나와도 팔 생각이었는데 3,200이 나와 버렸다.

좋은데?

다른 메일도 확인했다. 대략 30분에 걸쳐서 모든 메일과 쪽지를 확인한 결과 3천만 원 이상의 금액으로 정보를 구입하겠다는 곳이 무려 세 군데나 되었다.

그중에 하나가 딱 3천을 제시했고 또 다른 하나는 히즈곤 길드가 제시한 3,200, 마지막 하나가 3,500이었다.

가디언 길드라.

그곳과는 이상하게 인연이 있었다.

좋은 쪽으로는 아니지만.

조금 아깝긴 하지만 부정적인 이미지가 강한 곳이었기에 3,500골드를 제시한 가디언 길드의 메일을 지워 버렸다.

두 번째로 가격이 높은 히즈곤 길드가 보낸 메일을 다시 한 번 읽으면서 기억을 끄집어내려 애썼다.

히즈곤, 히즈곤이라.

불현듯 떠올랐다.

아아, 거기구나.

100대 길드에는 꾸준히 들었으나 결국 30대 길드에는 한 번도 이름을 올리지 못했던 그냥 그런 길드 중 하나였다.

물론 100대 길드가 약하다는 건 아니지만 뭔가 강렬한 한 방이 없는 곳이었다. 언제나 뒷북을 친 탓에 노력만 하고 보상은 제대로 얻은 적이 없어서 불쌍한 길드라는 제목으로 영상이 떠돌아다녔던 적도 있었다.

그걸 보고 무혁도 꽤 웃었던 기억이 있었다.

괜찮겠네.

그 영상에서도 딱히 나쁜 인상을 받은 적은 없었다.

타닥.

답장을 보내기 위한 타자를 쳤다.

[내용 : 메일 보내주셔서 감사합니다. 저 역시 히즈곤 길드와 거래를 해보고 싶습니다. 다만, 문제가 하나 있습니다. 제가 그 던전을 발견했을 때 다른 사람도 해당 던전을 같이 발견했습니다. 시비를 걸기에 죽였지만 약간의 위험을 감수해야 할 수도 있습니다. 그래도 괜찮다면 연락처를 남길 테니 전화를 주시면 감사하겠습니다.]

답장을 보낸 후 홈페이지를 조금 둘러봤다.

먼저 유료 정보란의 공략글은 40개가 넘어가는 공략법이 최근 들어 조금씩 알려지고 있는지 조회수가 조금씩 증가하고 있었다. 가장 높은 조회수는 벌써 8천에 달했다. 금액으로 따져도 결코 무시 못 할 수준이었다.

다음 달이 기대되네.

한 5분 정도 지났는데 아직 연락이 오지 않는다. 무혁은 죽인 유저들이 신경 쓰여서 최대한 빨리 팔고 싶었기에 조금 더 기다리기로 했다.

대략 2분 정도가 더 흘렀을 즈음 손에 들고 있던 휴대폰이 거칠게 울렸다.

드드드.

모르는 번호였다.

온 건가?

기대하며 통화 버튼을 눌렀다.

"여보세요."

-아, 반갑습니다. 히즈곤 길드장 태월이라고 합니다. 혹시…….

그들이 맞았다.

"아, 네. 맞아요."

-받으셔서 다행이네요. 혹시 일루전에 접속할까 봐, 곧바로 연락을 드린 건데.

"그랬군요."

-그런데 메일을 보니 문제가 있다고 적혀 있던데요.

무혁이 있었던 일들을 간략하게 설명해줬다.

-으음, 그렇군요. 그들이 길드에 속해 있다면 확실히 난감해질 수도 있겠어요. 어쩌면 속해 있는 길드에 연락을 해서 이미 유저들이 던전으로 향하고 있을지도 모르겠네요.

"그렇죠. 그래서 저랑 직접 던전으로 향한 후 문제가 없을 경우 돈을 받을 생각입니다."

-아, 그러면 되겠군요. 그럼 바로 접속해서 던전에 입장할 길드원과 함께 이동하겠습니다. 어디로 가면 될까요?

"트리플 울프 서식지로 와주세요."

-알겠습니다. 30분이면 도착할 겁니다.

"입구에서 기다리겠습니다."

-예.

통화를 종료하고 일루전에 접속했다.

스켈레톤 군마를 소환하여 탑승한 후 느긋하게 이동했다. 그래도 20분 만에 트리플 서식지에 도착할 수 있었다.

그곳에서 약 10분 정도 기다리니 저 멀리 일단의 무리가 나타났고 선두에서 그들을 이끌던 사내가 다가왔다.

"실례합니다. 혹시 K.Mu 작성자 맞으신가요?"

"네, 맞습니다."

"아, 히즈곤 길드장 태월입니다."

"반갑습니다. 그보다 혹시 모르니 서두를까요?"

"그러죠."

"앞장서겠습니다."

무혁이 군마를 탄 채 빠르게 이동했다. 영상 녹화는 기본이었다.

혹시나 저들이 딴 짓을 할 수도 있으니까.

따그닥, 따그닥.

히즈곤 길드원들은 그런 무혁을 놓치지 않기 위해 질주했다. 확실히 레벨이 80이라 그런지 쉽게 지치지 않았다.

크워어어!

그 순간 트리플 울프 세 마리가 나타났지만 10초도 걸리지 않아 녹아버렸다.

"다시 갑니다."

꽤 긴 시간을 이동한 무혁이 자리에 멈췄다.

"여깁니다."

군마에서 내린 후 나뭇잎을 치웠다. 판자가 보였다.

"아……!"

히즈곤 길드장 태월이 감탄하며 다가왔다.

무혁은 그저 지켜봤다.

판자에 오른 태월의 눈이 커졌다.

메시지가 뜬 탓이리라.

"맞군요, 특수 던전."

"네, 일단 제가 먼저 확인을 해보죠."

무혁이 아래로 내려갔다. 이후 문에 손을 뻗으니 메시지가
떠올랐다.

['입장 레벨(80)'을 초과했습니다.]

만약 유저가 있었다면 레벨보다 먼저 안에 유저가 있다는
메시지가 떴어야 한다. 그게 뜨지 않았다는 말은 내부에 유저
가 없다는 소리였다.

다행이야.

밖으로 나가 태월을 보며 웃었다.

"다행히 입장한 유저가 없네요."

"아, 그렇군요."

무혁의 말을 들은 태월이 인벤토리에 손을 넣었다.

그리고 꺼내 든 주머니.

"3,200골드입니다."

거래를 통해 주머니를 획득했다.

[돈 주머니]
3,200골드가 들어 있다.

그때 무혁을 지켜보던 태월이 입을 열었다.

"실례되는 질문이지만 던전이랑 레벨이 안 맞아서 파신다고

하셨죠?"

"네."

"그럼 80레벨이 안 되는 건가요?"

"아뇨, 넘겨서요."

"아아."

그렇다면 상당한 실력자란 소리다. 현재 1위의 레벨이 93이 었으니까.

무혁은 현재 87레벨로 벌써 6레벨까지 차이를 좁힌 상태였다. 한 6개월 정도면 충분히 따라잡을 수 있을 것 같았다.

"급할 텐데, 가보시죠."

"알겠습니다. 그전에 부탁 하나만 해도 될까요?"

"어떤……?"

"친구 추가, 괜찮을까요?"

친구 추가라는 말에 무혁의 눈동자가 조금 멍해졌다.

태월이라…….

조금 특이한 사람이라 생각하며 고개를 끄덕였다.

"그러죠, 뭐."

곧이어 서로를 친구로 등록했다.

[유저 '태월'과 친구가 되었습니다.]

메시지를 확인한 태월이 웃으며 뒤를 돌아봤다.

"모두 들어간다!"

"예!"

길드장도 레벨이 80이었던 모양이다. 그를 포함한 길드원 50명이 계단을 통해 내부로 들어갔다. 손에 들린 돈 주머니를 인벤토리에 넣은 후 위브라 제국으로 돌아갔다.

　

80레벨 특수 던전에 관한 정보를 팔고 얼마간 무혁은 C등급 몬스터 토벌 의뢰를 받아 사냥에 집중했다.

그러다 4일이 지난 지금, 30레벨 일반 던전을 판매하기 위해 다시 한번 홈페이지에 글을 작성했다.

이번에는 80레벨 특수 던전과는 달리 메일이나 쪽지나 별로 오지 않았다. 아무래도 던전의 레벨이 낮아서 관심을 받지 못한 모양이다.

그래도 생각했던 기준에 부합되는 가격을 제시한 곳이 있었기에 그들에게 판매하기로 결정을 내렸다.

가격은 1,550골드.

이번에도 역시 직접 만나서 던전까지 데려다줬다.

"감사합니다."

"예, 꼭 클리어하시길."

손에 들어온 돈 주머니를 보며 웃었다.

벌써 1시네.

밥도 먹을 겸 로그아웃을 한 무혁이 성민우에게 문자를 하나 보냈다.

[아직도 80레벨 스킬 못 배웠냐?]

저녁을 먹을 즈음엔 답장이 와 있으리라.

다시 일루전에 접속해서 사냥을 시작했고 하나의 의뢰를 완료한 후 저녁을 먹기 위해 캡슐에서 나왔다.

예상대로 문자가 도착해 있었다.

[아, 넌 80레벨 되고 바로 스킬 배웠잖아. 근데 나는 좀 복잡하더라고. 이것저것 깨야 할 게 많네. 며칠 더 걸릴 것 같으니까 혼자 사냥하고 있어.]

[ㅇㅋ]

답장을 보낸 후 라면 하나를 끓여 먹었다.

"후우우."

면을 식힌 후 한입에 빨아 당겼다.

후르릅.

역시 언제나 라면은 맛있다.

배를 채우고 10분 정도 TV를 보며 소화를 시켰다. 이곳저곳 채널을 돌리던 무혁의 손이 그대로 멈췄다.

-현재 타 대륙인 바흐에서 탑이 개방되었다고 합니다.

바흐 대륙이라.

아직 대륙 간의 이동 방법이 밝혀지지 않은 상황이기에 탑이 개방되었다고 해서 들어갈 순 없었다. 그래서 저들 역시 위브라 제국에 탑이 오픈되었을 때 구경만 한 것이다.

-많은 유저가 대륙 간 이동을 허가해 달라고 요청을 하고 있는 상황이지만 일루전 본사에서는 아직 어떠한 구체적인 답변도 내려오지 않고 있는 상황입니다.

아마 본사는 답변을 끝까지 주지 않을 것이다.

그게 일루전의 마인드니까. 모든 것은 유저의 뜻대로.

그렇기에 숨겨진 컨텐츠 역시 유저가 발견해야만 한다. 평생 발견하지 못한다면? 그래도 일루전은 절대 개입하지 않으리라. 이전 생의 8년이란 시간 동안 그러했으니까.

-며칠 전 특수 던전의 위치를 판매하는 일이……

이번에는 무혁의 일이 프로그램에 등장했다.

쩝, 이슈가 될 만하지.

곧바로 TV를 꺼버리고 캡슐에 누웠다.

치이익.

일부전에 접속했다.

[새로운 세상에 오신 것을 환영합니다.]

의뢰를 받기 위해 용병 길드로 들어가니 직원이 무혁을 보더니 웃으며 반겼다.

"마침 잘 오셨습니다."

"무슨 일이라도?"

"방금 B급 의뢰가 꽤 들어왔거든요."

"아아."

"살펴보시겠습니까?"

"그러죠."

왼쪽으로 이동해 떠오른 의뢰들을 하나씩 훑었다. 확실히 새로운 의뢰가 많이 들어왔고 또 괜찮은 것도 몇 개 보였다.

그중에서 가장 흥미로운 세 가지 의뢰가 눈에 들어왔다.

[궁수 길드장을 만나라.]
궁수 길드장이 궁술 실력에 자신 있는 자를 찾고 있다.

[성공할 경우 : 연계 퀘스트.]

내용은 정말 별것 없었지만, 소질이 있는 자를 찾고 있다는
건 활과 화살로 무언가 해야 할 일이 있다는 소리다.
스켈레톤 궁수가 도움이 되지 않을까?
그리고 그 아래.

[전사 길드장을 만나라.]
전사 길드장이 근접전에 능숙한 실력자를 찾고 있다.
[성공할 경우 : 연계 퀘스트.]

비슷한 의뢰였는데 역시 스켈레톤 전사가 도움이 되지 않을까?
그냥 그런 생각이 들었다. 그럼 이것도 마찬가지겠지.

[마법 길드장을 만나라.]
마법 길드장이 마법에 자신 있는 실력자를 찾고 있다.
[성공할 경우 : 연계 퀘스트.]

결정을 내렸다.
"골랐습니다."
"네, 어떤 의뢰로 드릴까요?"
"이렇게 세 개로 하죠."

"알겠습니다."

곧바로 메시지가 떠올랐다.

[의뢰 '궁수 길드장을 만나라'를 수락합니다.]

......

용병 길드를 빠져나간 무혁은 첫 번째로 궁수 길드를 찾아
갔다.

⊙

무혁에게 죽었던 유저들과 그들이 속한 하야시 길드가 트리
플 울프 서식지의 깊은 곳에서 묵묵한 기다림의 시간을 이어
가고 있었다.

"젠장, 결국 지팡이 팔렸어!"

"쩝, 못 산 거야?"

"어, 어떤 미친 새끼가 450골드에 낙찰받았더라고. 시발!"

절로 욕이 나올 수밖에 없으리라. 한순간 400만 원이 넘는
거금이 사라진 기분일 테니까.

"게다가 던전까지 팔아?"

"2천만 원이 넘는 가격에 팔렸다는 소문은 있더라."

"하아, 열 받는다. 진심."

"클리어하고 나오는 새끼들 조지자고."

"당연하지. 감히 우리 걸 뺏어?"

"나오기만 해라, 어서."

둘러싸고 있는 나무 판자를 한참이나 노려보는 그들이었다. 이후 상당한 시간 동안 침묵이 이어졌다.

그때, 누군가의 등장이 그 침묵을 깨뜨렸다.

"아, 길드장님 오셨어요?"

"아직이냐?"

"네, 이제 나올 때가 된 것 같은데."

"나오면 바로 죽이겠습니다."

"그래, 기껏해야 중간 규모 길드겠지. 먼저 얍얍이."

"예!"

"전에도 말했지만 길드에 속하지 않은 네가 먼저 공격을 해야 한다. 그리고 놈들이 널 공격하려고 할 때 우리 뒤로 숨어. 그러면 우리가 대신 공격을 당할 테니까."

"물론이죠, 그래야 정당방위가 성립하니까요."

"그렇지! 그다음에 죽여 버리면 돼."

적어도 절반의 유저는 무언가를 떨어뜨리리라.

"그리고 24시간 뒤에 같은 방법으로 또 죽이면 던전에서 얻은 보상도 꽤 떨어뜨리겠지."

미래를 상상하며 웃는 길드장을 보며 모두 따라 웃었다.

그 순간 하야시 길드장이 무혁에게 당했던 유저들을 바라봤다.

"고생했다."

"고생은요, 뭘."

"그 미친놈만 아니었어도 곧바로 나한테 보고를 올렸을 텐데, 그렇지?"

"그럼요, 당연하죠. 던전을 발견하고 보고를 올리려고 하는데 갑자기 그 새끼가 나타나서는 전부 다 죽이는데 얼마나 강한지, 너무 놀랐다니까요."

"그래, 내가 좀 더 빨리 문자를 확인했어야 했는데."

길드장은 아쉬운 듯 혀를 찼다.

"아무튼 앞으로도 잘 부탁한다."

"예, 길드장님."

길드장이 반대편으로 가자 그들이 썩은 미소를 지었다.

"어찌 잘 속였네."

"대단한 새끼."

"기본이지."

그 순간 갑자기 바람이 불어왔다.

후우우웅.

그 바람은 판자를 휩쓸었고 또한 던전으로 향하는 입구를 파괴했다.

"길드장님!"

"보고 있어. 다들 준비해!"

뒤이어 나타난 빛무리, 그곳에서 50명의 유저가 모습을 드러냈다.

80레벨 특수 던전을 깨뜨리고 나온 히즈곤 길드였다. 그런데 길드장 태월은 조금도 놀라지 않은 눈치였다. 이미 알고 있었다는 듯 하야시 길드를 가만히 바라봤다.

그 순간 유저 얍얍이가 나섰다.

"어이, 던전 뺏어서 클리어하니까 좋냐?"

"……."

"벙어리냐, 왜 말이 없어?"

여전히 침묵을 지켰다.

"이 새끼가, 왜 말이 없냐고!"

얍얍이 유저가 태월에게 달려들었다. 태월은 가볍게 피한 후 측면으로 이동했고 뒤쪽에 있던 길드원이 나서 얍얍이를 포위해 버렸다.

"어, 어어……?"

이건 예상과는 달랐다. 포위할 줄이야.

주변을 둘러본 얍얍이의 표정이 불안해졌다. 여기서 먼저 공격을 해버리면 도망칠 틈도 없이 죽어버릴 것 같았기 때문이다.

"아, 안 비켜?"

그러면서 뒤쪽 하야시 길드장을 쳐다봤다.

"크흠."

그가 헛기침을 하며 나섰다.

계획이 틀어진 이상 말로 자극할 수밖에.

"하야시 길드장이오."

"그래서?"

하야시 길드징의 이미가 꿈틀거렸다.

태월은 무시한 채 말을 이어갔다.

"내가 기분이 참 좋아. 던전도 클리어했고 보상도 엄청난 걸 얻었으니까. 그러니까, 좋게 말할 때 꺼져."

"이, 이 새끼가!"

오히려 하야시 길드가 자극받았다. 그래도 생각은 있는지 끝내 공격을 시도하진 않았다.

태월이 비릿하게 웃으며 외쳤다.

"부길드장!"

"나 여기 있소!"

사방에서 소리가 들려왔다. 하야시 길드장이 놀라며 주변을 훑었다.

"어, 어어……?"

어느새 백여 명의 유저가 그들을 포위한 형국이었다.

"던전 밖에서 기다리는 개짓거리나 하는 쓰레기들."

"이, 이익……!"

하야시 길드장이 이를 갈았다.

그 순간 태월이 외쳤다.

"나 히즈곤 길드장이 하야시 길드에 전쟁을 선포한다!"

그러자 메시지가 떠올랐다.

['히즈곤' 길드가 '하야시' 길드에게 전쟁을 선포합니다.]

[하야시 길드는 전쟁 선포를 받아들이지 않을 권리가 있으나 그러면 길드의 자본금 50퍼센트를 히즈곤 길드에게 바쳐야 합니다. 전쟁을 받아들이게 되면 패배할 경우 길드의 자본금 70퍼센트를 바쳐야 하지만 승리할 경우 적의 모든 것을 취할 수 있습니다.]

하야시 길드장이 어금니를 깨물었다.

전쟁 선포?

게다가 히즈곤 길드라고?

들어본 적도 없었다.

아니, 들어본 적은 있던가?

잘 모르겠다. 하지만 그래 봤자 30대 길드에는 들지 못하는 곳이 아닌가. 30대 길드는 빠지지 않고 줄줄이 외우고 있었으니까.

게다가 주변을 둘러보니 숫자는 대략 150명이다. 갑자기 나타난 100명과 기존에 있던 50명.

아마 저게 전부겠지.

하야시 길드원을 전부 모으면 400명이 넘는다. 이곳에 모인 이들만 해도 정예 200명이었다. 일단 수적으로 우위였다.

객기부리는 거구만.

그런 생각이 들었다.

그래, 해보자고.

곧바로 전쟁을 수락했다.

['하야시' 길드가 전쟁을 수락합니다.]

메시지와 함께 공격이 펼쳐졌다.

"죽어!"

"이 새끼들아!"

"흐아아압!"

전투가 벌어졌다. 그런데 상황이 이상하게 흘렀다.

"미친!"

"뭐야, 시발!"

히즈곤 길드가 하야시 길드를 밀어붙이기 시작했다. 뒤늦게 나타나 주변을 포위한 히즈곤 길드원 100명이 전부가 아니었던 것이다.

조금 더 뒤쪽에 200명의 길드원을 대기시킨 상태였다. 하야시 길드가 전쟁을 받아들이는 순간, 그 200명을 불러 공격을 하고 있으니 히즈곤 길드가 압도하는 것이 당연했다.

제대로 전황을 파악하지 못한 하야시 길드의 패배랄까.

"계획대로네."

히즈곤 길드장 태월과 부길드장이 서로를 보며 웃었다.

같은 시각.

무혁은 궁수 길드에 도착한 상태였다. 부길드장이 길드장 사무실로 안내해 줬는데 이미 내부에 다섯 명의 유저가 자리를 잡고 있었다.

그들은 새롭게 등장한 무혁을 한 번 훑더니 피식하고 웃어 버렸다. 허리춤에 찬 검 때문이리라. 무혁 역시 그들을 크게 신경 쓰지 않기로 했다.

"오호, 자네가 무혁이군."

"네."

어떻게 이름을 아는 걸까.

"용병 대장에게 이야기 많이 들었네. 일단 앉지."

"아아."

자리에 앉자 궁수 길드장이 먼저 스스로를 소개했다.

"이미 알겠지만 난 궁수 길드장을 맡고 있는 시몬이라고 하네. 이번에 비밀리에 도움을 받을 일이 있어서 궁술에 뛰어난 실력자를 찾고 있었지. 자네들도 알다시피 비밀이란 것은 사실 공유하지 않는 게 최고라네. 하지만 어쩔 수 없는 일이라 능력 있는 실력자만 뽑아서 그들과 함께 일을 진행할 생각이야."

소수의 실력자, 비밀스러운 일.

꽤 흥미로운 의뢰인 것 같았다.

"그래서 시험을 준비했으니 통과해 주길 바라네. 그전에 간단하게 설명해 주겠네. 무구의 뛰어남을 빌려도 좋고 기술의 강력함을 과시해도 좋네. 다만 다른 누군가의 도움을 받아선 절대로 안 되네."

다른 누군가라.

무혁이 시몬을 쳐다봤다.

"전 소환을 할 수 있습니다만?"

"소환은 기술이니 괜찮네. 그러나 그 소환수도 활과 화살을 사용해야만 한다네."

"그렇군요."

다들 고개를 끄덕였다.

"수긍한 건가?"

"예, 뭐."

그 순간 퀘스트가 바뀌었다.

[퀘스트 '궁수 길드장을 만나라'를 완료합니다.]
['궁수 길드장의 시험'으로 이어집니다.]

동시에 시몬이 몸을 일으켰다.

"좋아. 그럼 나가지."

그가 안내한 곳은 사람이 한 명도 없는 개인 연무장이었다. 그 연무장 위에 강철 인형 10개가 놓여 있었다.

시몬이 몸을 돌렸다.

"시험은 간단하다네. 저기 있는 강철 인형 10개를 1분 안으로 부서뜨려 보게."

그 말에 다들 자신 있는 표정을 지었다.

"저 정도야, 뭐."

"어렵지도 않겠는데."

시몬이 웃으며 물었다.

"누가 먼저 하겠는가?"

"제가 하죠."

한 명의 사내가 나섰다. 상당히 작은 크기의 활을 사용하는 유저였다.

단궁인가?

무혁은 흥미롭게 지켜봤다.

"시작할까요?"

"그러게."

사내가 시위에 화살을 걸었다. 파란색의 빛이 담긴 화살이 시위를 떠났다. 빠른 속도로 나아가 강철 인형에게 닿은 화살이 갑자기 강력한 냉기를 터뜨렸다.

차라라랑.

강철 인형이 얼어버렸다. 그 순간 또다시 날아든 화살이 강철 인형을 두드렸고.

콰아앙!

엄청난 폭발이 일어나 땅을 흔들었다. 뒤이어 녹색의 화살이 날아가더니 구름이 사방을 뒤덮었다.

직후 뻗어 나간 화살은 구름을 관통했고 마치 벼락처럼 강철 인형의 단단한 몸체에 꽂혔다.

"와우, 상당한데?"

"나쁘지 않네."

지켜보던 유저들이 각자의 기준으로 그를 평가했다.

확실히 대단해.

오직 궁수의 길만을 걸은 유저니 어쩌면 저 정도는 당연하리라.

"그만."

시몬의 목소리였다. 어느새 1분이 지난 모양이었다.

후우웅.

잠시 기다리니 바람이 불어왔고 그 바람이 연기를 날려 보냈다. 그리고 드러난 광경에 누군가는 탄성을, 누군가는 신음을 내뱉었다.

탄성을 뱉은 이들은 엄청난 스킬의 향연에도 굳건히 버티고 있는 네 개의 강철 인형을 보며 놀란 탓이었고 신음을 내뱉은 이들은 저 정도 공격에도 네 개나 남았다는 사실이 마음에 들지 않아서였다.

"여섯 개군."

"……"

단궁을 지닌 사내는 말이 없었다.

"아쉽지만 자네는 나와 함께 갈 수 없겠어. 자, 그럼 다음?"

잠시 침묵이 흘렀다.

저벅.

그때 누군가가 나섰다. 이번에는 아주 거대한 석궁을 지닌 여성 유저였다.

"제가 해보죠."

160이 조금 넘는 키에 찰랑거리는 머릿결이 아름다운 그녀가 자리를 잡았다.

"시작할게요."

"그러게."

석궁의 시위에 화살을 걸고 당겨 장치에 고정시켰다. 이후 총처럼 과녁을 노린 후 방아쇠를 당기자 화살이 엄청난 속도로 쏘아졌다.

파아앙!

단지 쏘아진 소리만으로도 공기가 크게 울릴 정도였다.

콰직.

강철 인형을 맞춘 화살이 산산조각이 났다.

"흐음."

미간을 찌푸린 그녀가 다시 시위를 장치에 걸었다. 방아쇠를 당기니 순백의 빛을 머금고 있던 화살이 전과 비슷한 속도로 쏘아졌다.

이번에는 화살이 강철 인형을 그대로 관통하더니 뒤에 있는 강철 인형에게 꽂혀 버렸다.

"하나."

이미 시간은 10초 정도가 흐른 상태였다.

남은 시간은 50초, 전부 부서뜨릴 수 있을까.

그때 화살이 보랏빛으로 물들었다. 강력한 스킬이리라.

화살이 시위를 떠나는 순간 갑자기 수십 조각으로 갈라졌다. 그 조각들이 남은 아홉 개의 강철 인형을 노리며 날아들었다.

퍼버벅.

곳곳에 박혀 버린 조각들.

1초, 2초, 3초.

그 시간이 지나는 순간 폭발이 일어났다.

콰앙, 쾅! 콰과과과광!

폭발은 연쇄 작용을 일으켰다. 작은 조각 하나가 터지고 그 폭발에 또 다른 조각이 터지는 식이었다. 먼지가 치솟았으나 여인은 다시 시위를 장치에 걸 뿐이었다.

그리고 먼지가 바람에 흩날리며 연무장이 드러났을 때, 다시 한번 방아쇠를 당겼다. 부서지지 않은 강철 인형을 노린 공격이었다. 역시 관통력이 뛰어난 건지 강철 인형 하나를 아예 꿰뚫고 지나갔다.

"여섯."

이제 네 개만이 남은 상황이었다.

파아앙!

쏘아진 화살이 한 개의 강철 인형을 더 부서뜨렸다.

"일곱. 자, 그만."

하지만 안타깝게도 1분이란 시간은 생각보다 길지 않았다. '벌써'라는 단어가 떠오를 정도로 순식간에 지나가 버린 것이다.

무혁의 미간이 찌푸려졌다. 하나같이 80레벨이 넘은 실력자들이다. 그들이 허무하게 떨어진 것이다.

깨라고 만든 거 맞지?

의문과 함께 나머지 두 사람의 결과를 더 지켜봤다. 역시 통과자는 없었다.

"그럼 마지막이군."

"그렇군요."

그제야 무혁이 앞으로 나섰다. 셋은 떠났고 둘은 결과를 지켜보기 위함인지 남아 있는 상태였다.

'과연 너라고 다르겠느냐'라는 시선을 보내는 둘을 한 번 쳐다본 후 한숨과 함께 자리를 잡고 섰다.

그리고 입술을 떼었다.

"스켈레톤 궁수 소환."

그 순간 아홉 마리의 궁수가 나타났다.

세 마리의 강활, 여섯 마리의 활뼈.

그들이 갈비뼈를 뽑아 시위에 걸었다.

"에게……?"

"겨우 스켈레톤?"

지켜보던 두 명의 유저가 중얼거렸다. 그들의 말투에 무시라는 감정이 깃들어 있었으나 무혁은 신경 쓰지 않은 채 시몬에게 말했다.

"시작하겠습니다."

"그러게."

시간이 흐르기 시작한 지금, 1초도 낭비하고 싶지 않았다. 무혁은 서둘러 시위에 화살을 걸었다.

풍폭과 강력한 활쏘기, 무혁은 처음부터 스킬을 사용했다.

강활, 활뼈 전원 연사.

쏟아진 뼈 화살들과 무혁의 화살이 강철 인형을 두드렸다.

[383의 대미지를 입힙니다.]

[1,104의 추가 대미지를 입힙니다.]

이번 공격으로 강철 인형의 방어력을 알 수 있었다.

250, 현재 강활1, 2의 대미지가 320정도였고 강활3이 360이었다. 활뼈는 260에서 280 정도의 대미지를 줄 수 있었다. 그런데 방어력이 250이니 활뼈의 대미지는 거의 들어가지 않는

다고 보면 되고 강활1, 2도 기껏해야 70의 피해를 입힐 뿐이었다. 그나마 강활3이 100이 넘는 대미지를 입힐 수 있지만, 그것만으로는 너무 부족했다.

이래서 다 실패한 거군.

물론 방법이 없는 건 아니었다. 무혁이기에 가능한 일이 한가지 남았다.

저벅.

서둘러 강활과 활뼈에게 다가갔다.

풍폭, 풍폭, 풍폭.

엄청난 속도로 뼈 화살에 풍폭을 걸어주기 시작했다.

강활, 활뼈 연사!

무혁 역시 풍폭을 화살에 건 후 쏘았다.

콰아아앙!

거대한 폭발이 연이어 터졌다. MP를 2천가량 소모했다. 한번 더 풍폭을 모든 궁수에게 사용할 수 있었으나 아직 20초도 흐르지 않은 상태였기에 조금 더 지켜보기로 했다.

풍폭.

그러면서도 화살은 쉬지 않았다. 무혁도 강활도, 그리고 활뼈도.

파앙! 팡!

끊임없이 화살이 쏘아졌다.

뒤에서 지켜보던 두 명의 눈이 휘둥그레졌다.

"어, 저, 저……."

어느새 다섯 개의 강철 인형이 쓰러졌다. 대미지도 낮지 않다는 이야기였다.

"말도 안 돼."

그러는 사이에도 시간은 흘렀고.

"40초, 6개. 48초, 7개."

현재 2천 이상의 MP가 남았다.

"57초, 8개."

지금!

무혁은 소환수에게 다가가 다시 풍폭을 걸어줬다.

연사, 풍폭, 강력한 활쏘기.

무혁도 시위에 화살을 걸었다. 시위를 놓는 것과 동시에 시간이 끝났다.

"그만."

뒤이어 폭발음이 울렸고.

콰아아앙.

치솟았던 먼지가 가라앉으며 참상이 드러났다. 모든 강철 인형이 부서진 것이다. 궁수 길드장이 흡족하게 고개를 끄덕였다.

"통과했군."

"후우, 네."

"자네만 따라오게."

길드장 시몬과 함께 다시 사무실로 향했다.

"이번 일에 대해서 알려주지."

"귀담아 듣겠습니다."

시몬이 고개를 끄덕였다.

"일단 이번 일은 상당히 위험하다네. 이틀 전 나무르 계곡에 저주받은 몬스터가 나타났는데 평소에는 놈에게 타격을 입힐 수가 없지."

저주받은 몬스터? 게다가 타격을 입히지 못한다?

난감한 상황임이 확실했다.

"물론 방법은 있어. 보름달이 뜨는 날, 그 날 하루는 녀석에게 타격을 줄 수 있지만 대신 놈도 훨씬 더 강해진다네."

"흐음."

무혁은 의문이 생겼다.

"궁금한 게 있는데요."

"뭔가?"

"왜 굳이 소수의 인원만 모으는 거죠?"

"저주받은 몬스터를 노리고 있는 자들이 있으니까."

"놈을 노린다고요?"

"그래, 우리처럼 처리하려는 게 아니라 놈을 사로잡아 수하로 만들려는 놈들이 있지. 문제는 그 녀석들이 어디에 있는지 또 누구인지 전혀 알 수가 없다는 사실이야. 다만 그들은 분명 가까운 곳이 있을 거라는 짐작만 하고 있다네. 해서 최대한 비밀을 유지할 생각이야."

"그랬군요."

"또한……"

시몬이 무언가 말을 하려는 순간 문이 벌컥 하고 열렸다.

"길드장님!"

"뭔가?"

"손님이 오셨습니다. 급한 일이라……"

"으음, 알겠네. 1분만 기다리게."

"네!"

시몬이 몸을 일으켰다.

"아무튼 보름달이 뜨기 전 날 밤, 삼 대 길드의 중앙 광장으로 오게."

"알겠습니다. 그런데 저 혼자입니까, 통과자는?"

"아니, 이전 통과자 한 명이 있고 또 앞으로도 통과자가 나온다면 합류하게 될 걸세."

"그렇군요, 그리고 또."

"뭔가?"

"보름달은 언제 뜨죠?"

"4일 후일세."

"그럼 3일 뒤, 몇 시에 가면 되죠?"

"9시까지 오게."

"알겠습니다."

그제야 메시지가 떠올랐다.

[퀘스트 '궁수 길드장의 시험'을 완료합니다.]
['보름달이 뜨는 밤'으로 이어집니다.]

무혁은 곧바로 길드를 나섰고 궁금했던 상세한 내용을 확인
했다.

[보름달이 뜨는 밤]
[보름달이 뜨는 밤, 시몬과 함께 나무르 계곡에서 저주받은 몬
스터를 처치하라.]
[성공할 경우 : 대량의 경험치, 셀린의 목걸이, ?]
[실패할 경우 : 저주, 학살.]

보상에 물음표가 있었다.

흐음.

페널티는 더 난감했다.

저주에 학살이라니…….

'저주'는 무혁 본인이 받을 페널티이고, '학살'은 몬스터가 주변
마을이나 왕국을 침략해 NPC와 유저를 죽일 것을 의미했다.

B등급이라 그런지 의뢰가 상당히 무거운 느낌이었다.

짐을 짊어진 기분이랄까.

무혁은 씁쓸하게 웃으며 걸음을 내디뎠다. 궁수 길드의 왼쪽에 위치한 전사 길드로 향했다.

전사 길드에는 대략 열 명의 유저가 있었다.

생각보다 많네.

길드장의 권유에 자리에 앉았다.

"모두 반갑군. 다시 이야기를 시작하자면 아주 비밀스러운 일을 진행해야 하기에 최대한 인원의 수를 줄일 생각이네. 어차피 함께한다면 능력이 있는 자가 더 좋겠지? 그래서 그리 어렵지 않은 시험을 준비했다네. 거기에 통과해야만 나와 함께할 수 있다네. 어떤가, 받아들이겠나?"

모두들 고개를 끄덕였다.

[퀘스트 '전사 길드장을 만나라'를 완료합니다.]
['전사 길드장의 시험'으로 이어집니다.]

무혁의 미간이 꿈틀거렸다.

어째 비슷한데?

묘한 기분을 떨치며 전사 길드장을 따라나섰다.

"자, 여긴 내 개인 연무장이지."

이번에도 강철 인형이 그곳에 있었다.

"오직 근접 공격으로 1분 안에 저 강철 인형 10개를 부서뜨려야 하는 시험이지. 궁금한 거 있나?"

무혁은 필수로 확인해야 할 게 있었다.

"제가 소환이 가능한데 소환수를 이용해도 됩니까?"

"소환수가 근접 공격이 가능하다면 허용하겠네."

역시 이곳도 허용이 되었다.

"자, 그럼 누가 먼저 하겠나?"

그러자 대검을 지닌 사내가 나섰다.

"시작합니다!"

"그러게."

대검을 지닌 사내는 지면을 박차며 허공으로 뛰어올랐다. 거대한 대검이 아래로 꽂히면서 엄청난 충격파가 터졌다.

화려한 스킬들이 연이어 속사포처럼 이어졌지만 1분이란 시간 동안 그가 부서뜨린 강철 인형은 7개에 불과했다.

"실패했군."

"아, 다시……."

"재도전은 불가하다네."

대검을 지닌 유저가 이를 갈며 물러났다.

"다음은?"

그렇게 유저들이 차례대로 도전했고 무혁을 제외한 이들 중에서 합격한 자는 겨우 한 명에 불과했다.

유저들이 줄어들었고 합격한 유저와 다른 두 명의 유저만이 남은 상태에서 마지막 남은 무혁이 나섰다.

"흐음, 마지막이군."

"네, 전 소환부터 하겠습니다."

"그러게."

"스켈레톤 전사 소환."

18마리의 스켈레톤이 등장했다.

따닥, 딱.

강화뼈가 8마리에 검뼈가 10마리였다. 궁수 길드에서와 마찬가지로 남아 있던 유저들이 무혁을 비웃었다.

물론 꽤 큰 덩치의 스켈레톤도 있었지만 그래 봤자 스켈레톤이란 생각이 강했기 때문이다.

"그래도 수는 많네."

"숫자만."

그들의 말을 무시한 채 강철 인형과 거리를 좁혔다. 지척에서 고개를 돌려 전사 길드장을 쳐다봤다.

"시작하겠습니다."

"그러게."

스켈레톤들이 순식간에 사방으로 퍼졌다.

키리릭!

이후 각자의 검을 꺼내어 휘두르기 시작했다.

무혁 역시 윈드 스텝을 사용하여 절삭력을 높인 상태에서 강철 인형을 공격했다. 쇠끼리 부딪치며 불꽃이 튀었다.

카강! 카강!

소리가 쉴 새 없이 터졌다. 부족한 느낌이 들어 풍폭까지 사용했다. 근처에 강화뼈가 있으면 그 강화뼈가 사용하는 검에도 풍폭을 걸어줬다.

풍폭, 풍폭, 풍폭.

엄청난 움직임으로 사방을 휘저었다.

쾅, 콰앙!

풍폭이 걸린 검이 강철 인형을 타격할 때마다 압축된 바람이 터졌다.

"……."

지켜보던 이들의 입이 떡하고 벌어졌다. 근접 직업을 지닌 이들처럼 강력한 스킬의 연계는 없었다. 한 방에 시선을 사로잡을 정도로 화려한 것도 아니었지만 끝없는 몰아침이 눈을 떼지 못하게 만들었다.

마치 물이 흐르듯, 흐르는 물이 멈추지 않는 것처럼.

"후우."

그 순간 무혁이 멈췄다. 스켈레톤도 움직임을 그쳤다.

2초 후 전사 길드장의 말이 떨어졌다.

"통과했군."

"예."

10개의 강철 인형을 부서뜨린 것이다.

전사 길드장과의 대화를 하면서 깨달았다.

"그러니까……."

"아주 위험한 녀석이지, 저주받은 몬스터는."

손을 올려 관자놀이를 눌렀다.

[퀘스트 '전사 길드장의 시험'을 완료합니다.]
['보름달이 뜨는 밤'으로 이어집니다.]

퀘스트가 동일했던 것이다.

이것, 참.

상황이 꽤 우습게 되었지만 어쩌겠는가.

이들은 근접과 원거리에 유능한 실력자를 원하고 있었고 무혁은 그 두 가지를 모두 충족시킬 뿐이었다. 어쩌면 마법 길드의 퀘스트도 같을지도 모른다.

그럴 확률이 높지.

만약 마법 길드 시험까지 통과한다면?

정말 재밌는 상황이 만들어지리라.

"그러니 보름달이 뜨기 전날 삼 대 길드의 중앙 광장으로 오게."

"알겠습니다."

역시 모이는 장소도 같았다.

이제 마법 길드로 향할 차례였다. 전사 길드를 나와 맞은편에 있는 마법 길드로 들어섰다. 직원 한 명이 다가왔다.

"도와드릴까요?"

"아, 길드장을 만나러 왔습니다."

"약속은 하셨나요?"

"아뇨, 의뢰 때문입니다만."

"아, 용병 길드에서 오셨군요."

"네."

"절 따라오세요."

직원을 따라 마법사 길드장 사무실로 들어갔다.

이번에는 7명 정도.

"더 받지 않도록 하세요."

"네, 길드장님."

"들어오세요."

"아, 네."

마법 길드장은 중년의 여인이었다.

"전 마법 길드장 아레나라고 합니다. 여기 모인 이들은 시험을 통과해야만 저와 함께할 수 있답니다. 아주 비밀스러운 일이기 때문에……."

이번에도 이야기가 똑같았다. 무혁은 그녀에게도 소환에 대한 이야기를 했다.

"가능합니다."

이후 연무장으로 향해 강철 인형을 보며 실소했다. 다만 규칙은 조금 달랐다.

"시간은 10초입니다. 그 안에 1개의 강철 인형을 부서뜨려야 합니다. 지금 눈앞에 있는 강철 인형은 물리 공격이 통하지 않으니 유념해 주세요."

1분이 아니라 10초였다. 게다가 강철 인형도 1개였고.

하긴, 마법이니까.

차례를 기다린 후 마지막에 나서서 스켈레톤 메이지를 소환했다.

한 마리의 강화 메이지, 다섯의 일반 메이지.

"시작하겠습니다."

"그러세요."

모든 메이지의 손에서 각양각색의 빛이 모이기 시작했다.

후우우웅.

보통 80레벨 메이지의 마법 공격력은 대략 600에서 700 정도다.

10레벨이 1개, 50레벨에 1개, 80레벨에 배우는 1개의 공격 마법을 모두 사용할 경우 단시간에 3천 이상의 대미지를 입힐 수 있다.

생각보다 크지 않은 피해라고 볼 수도 있지만 유저의 마법 쿨타임은 10초에서 20초 정도로 매우 짧기에 분단위의 시간을 두고 딜량을 비교한다면 그 어떤 직업보다도 강력한 화력을 보여준다.

반면 스켈레톤 메이지는 쿨타임이 무려 2분이었다. 그러나 이번 시험은 10초라는 시간제한이 있었기에 메이지에게 오히려 유리한 면이 있었다.

전원 마법 공격! 메이지들의 마법이 쏟아졌다.

[강화 메이지1이 788의 대미지를 입힙니다.]
[메이지1이 501의 대미지를 입힙니다.]
[메이지2가 513의 대미지를…….]

대략 3,250의 대미지가 들어갔다.

부서졌나?

아직 부서지지 않았다.

"흐음."

지켜보던 아레나가 시간을 체크했다.

8초, 9초…….

그 순간 무혁의 손이 빛났다.

죽은 자의 축복.

퍼석.

동시에 남아 있던 한 개의 강철 인형이 부서졌다.

"합격이에요."

합격자는 둘이었다, 무혁과 또 다른 한 명의 여성 마법사.

아레나를 따라 사무실로 들어갔다.

그녀의 이야기가 시작되고.

"저주받은 몬스터를 처리하기 위해 보름달이 뜨기 전 날 밤. 삼 대 길드의 중앙 광장으로 모이길 바랍니다."

그 순간 메시지가 떴다.

[퀘스트 '마법 길드장의 시험'을 ······.]

거기서 끝이 아니었다.

[의뢰 '보름달이 뜨는 밤'이 하나로 합쳐집니다.]
['저주받은 몬스터(히든)'로 변화합니다.]

세 개의 퀘스트가 하나로 합쳐지면서 히든으로 변화한 것이다.

히든 퀘스트는 말 그대로 '숨겨진 퀘스트'라는 의미로, 히든 퀘스트를 얻는 것이 던전을 발견하기보다 더 어렵다는 말이 떠돌 정도로 획득 조건이 까다로웠다.

그렇기에 무혁도 사실 조금 당황한 상태였다.

설마 히든으로 바뀔 줄이야.

진짜 조금도 예상하지 못했다.

후우.

서둘러 상세 내용을 확인했다.

[저주받은 몬스터(히든)]

[보름달이 뜨는 밤 궁수, 전사, 마법사 길드장과 함께 나무르 계곡으로 향하여 저주받은 몬스터를 처치하라.]

[성공할 경우 : ?]

[실패할 경우 : 저주, 학살.]

세 길드가 모두 퀘스트 정보에 포함되었다는 점과 보상이 완전한 물음표로 바뀌었다는 것을 제외하면 딱히 달라진 게 없었다.

하지만 히든이기에 난이도와 보상이 확연하게 증가했으리란 사실을 짐작할 수 있었다.

모이는 시간은 3일 뒤 오후 9시까지.

아직 시간이 꽤 남았기에 사냥을 하기로 했다. 군마가 왼쪽으로 방향을 틀었다.

따그닥, 따그닥.

본래 3개였던 의뢰가 1개로 합쳐지면서 2개의 여유분이 생겼으니 새로운 의뢰를 받아 클리어하면서 시간을 보낼 생각이었다.

의뢰소에 도착해 줄을 서서 기다린 다음 B급 의뢰만 간추려서 확인했다. 어려운 연계 퀘스트는 시간이 얼마나 걸릴지 알 수 없었기에 단발성 퀘스트를 골랐다.

[듀라한 토벌]

[카이젤 평야에 있는 듀라한을 200마리 처치하라. (0/200)]

[성공할 경우 : 대량의 경험치, 골드.]

듀라한의 레벨은 무려 105다.

힘들긴 하겠지만…….

사실 무혁도 알고 있다. 현재 87레벨인 사태로 듀라한을 사냥하는 건 상당히 힘든 일이라는 것을 말이다. 하지만 잡기 어려운 만큼 경험치도 좋을 것이고 보상도 그냥 경험치가 아니라 대량의 경험치였다. 무엇보다도 100레벨 아래의 몬스터는 사실 조금 지루한 느낌이 있었다.

지금까지는 성장을 위해서 일부러 최적의 몬스터만 골라서 잡았다면 지금은 조금 즐기고자 하는 마음이 앞섰다.

랭킹도 꽤 높아졌고, 그렇기에 녀석과 아슬아슬한 전투를 해보고 싶었다.

"이걸로 하죠."

"알겠습니다."

결국 듀라한 토벌 의뢰를 받았다.

"그럼."

용병 길드를 나와 스켈레톤 군마를 소환하자 세 마리가 나타났다. 두 마리는 역소환을 하고 한 마리의 등에 올라탔다. 이후 워프 게이트로 향했다.

"카르벤 왕국으로."

"1골드입니다."

마법의 왕국으로 불릴 정도로 마법사가 많은 카르벤 왕국. 한때 이곳에 자리 잡은 블랙 길드와 다툼을 벌였던 적도 있었다. 문득 블랙 길드의 부길드장이었던 유저가 떠올랐다.

꽤 많이 죽였었지.

아마도 지금은 성장하고 있을 것이다.

다시 안 만나면 좋겠는데.

쓸데없는 생각을 하며 눈을 감았다.

위이이잉.

한 줄기 바람이 불고.

"환영합니다, 카르벤에 오신 것을."

아리따운 음성에 눈을 떴다. 카르벤 왕국에 도착한 것이다.

무혁은 여전히 타고 있던 군마를 지휘하여 앞으로 천천히 나아갔다. 서문을 벗어난 후에는 속도를 높였다. 대략 10분을 달려가니 유저가 거의 보이지 않았고 거기서 10분을 더 달리니 한 명의 유저도 발견할 수 없게 되었다.

바로 이곳이 카이젤 평야. 레벨 105의 몬스터 듀라한이 서식하는 장소였다.

정지.

군마를 역소환하면서 자연스럽게 아래로 착지했다.

"스켈레톤 전사 소환, 스켈레톤 궁수 소환, 스켈레톤 메이지 소환."

멀지 않은 곳에 듀라한에게 다가갔다.

충분히 거리가 좁혀졌을 때, 메이지 마법 공격과 강활, 활뼈의 연사로 선제공격을 가했다.

콰과과과광!

그리고 대미지를 상세하게 확인했다.

[강화 메이지1이 588의 대미지를 입힙니다.]
[메이지1이 301의 대미지를 입힙니다.]
[메이지2가……]

확실히 방어력이 높았다.

마방이 300이라.

곧이어 뼈 화살이 놈의 전신을 두드렸다.

[강활1이 120의 대미지를 ……]

물리 방어력 역시 무시할 수 없었다. 물리 방어력은 200, 기억하기로 듀라한의 HP는 9만이었다.

확실히 빡세겠어.

애초에 알고 왔기에 오히려 의욕을 불태우며 강화뼈와 검뼈를 지휘하기 시작했다.

앞으로 나아간 강화뼈가 다가오는 듀라한을 막아섰다. 무려 여덟 마리의 강화뼈가 길을 막자 듀라한이 오른손에 들린 본인의 얼굴을 냅다 휘두르기 시작했다.

방패로 방어.

강화뼈 전원이 방패를 들어 막았다.

콰앙!

방패로 막았음에도 생각보다 HP가 많이 깎였다.

[217의 대미지를 입습니다.]

그보다 더 심각한 문제가 발생했는데 듀라한의 특징인 넉백이 발동한 것이다. 그 탓에 강화뼈는 물론 검뼈까지 뒤로 주르륵 밀려 버리고 말았다.

뒤로 밀린 강화뼈가 다시 앞으로 나아갔으나 듀라한은 이미 벌어진 틈 사이로 몸을 집어넣은 상태였다.

쩝, 처음부터 무슨.

고개를 저으며 풍폭을 건 화살을 활시위에 걸고 강력한 활쏘기로 듀라한을 공격했다. 거대한 힘이 집약된 화살이 쏘아져 듀라한의 가슴에 꽂혔다.

상당한 파괴력이 실렸기에 듀라한이 뒤로 밀리기 시작했고 무혁은 강화뼈와 검뼈를 지휘하여 다시 한번 놈의 길을 막았다. 녀석이 돌진하더니 강화뼈와 부딪혔다.

쿵, 쿠웅.

쏟아지는 뼈 화살에는 신경도 쓰지 않았다.

오히려 좋지, 지속적인 피해를 입힐 수 있으니까.

생각난 김에 인벤토리에 손을 넣어 둔화의 독, 환각의 독, 약화의 마비와 출혈의 눈물을 꺼내어 뼈 화살에 발라줬다.

파앙!

뻗어 나간 뼈 화살이 놈의 신체에 꽂히면서 네 가지 독이 적용되었다.

['둔화의 독'이 적용됩니다.]
['환각의 독'이 …….]

환각의 독으로 인해 듀라한이 움직임을 멈추고 멍하니 허공만을 응시했다.

10퍼센트의 HP를 줄이면 녀석의 환각도 끝이 나리라.

메이지의 쿨타임이 돌아오려면 아직 1분 정도는 더 있어야 했기에 공격의 속도를 늦췄다.

40초, 30초, 20초.

시간이 모두 지나고 쿨타임이 돌아왔다.

공격해라, 공격!

다시 공격을 명령했다.

10퍼센트의 HP가 드디어 빠진 걸까.

듀라한의 몸이 움찔거렸다. 이윽고 정신을 차리더니 정면에 있는 강화뼈와 검뼈에게 달려들었다. 손에 들린 머리를 휘두르며 공격을 감행했다.

쿵, 쿠웅!

검뼈 한 마리가 역소환을 당했다.

아, 이런.

방패로 잘 막고 있는 모습에 너무 마음을 놓아버렸다.

서둘러 소환수 창을 켜서 HP를 확인했다. 강화뼈2의 HP가 절반 아래로 떨어진 상태였다.

죽은 자의 축복.

치료를 해줬지만, 문제는 다른 강화뼈 역시 꽤 피해를 입었다는 점이었다.

"으음."

신음이 절로 새어 나왔다.

그때 갑자기 듀라한이 뒤로 물러섰다. 놈의 오른손에 잡혀 있던 얼굴이 꿈틀거리기 시작하더니 입가를 말아 올렸다.

키, 키킥. 키키키키킥.

듣기 싫은 웃음소리가 퍼졌다.

덩실, 덩실.

그러더니 갑자기 춤을 추기 시작했다. 우스운 모양이었지만 웃을 수 없었다. 지금 듀라한의 저 헛짓거리가 어떤 결과로 이어질지 알고 있었기 때문이다.

서둘러 공격을 명령했다. 날아간 뼈 화살과 뿜어진 마법이 놈의 전신을 타격했다.

쿠우우웅!

솟아오른 먼지가 바람에 흩날리면서 듀라한의 모습이 드러났다. 오른손에 들려 있던 듀라한의 머리가 왼 손바닥 위에 올라간 상태였다.

이런……!

듀라한의 얼굴이 한 바퀴 돌았다. 그러더니 정면을 보며 입을 벌려 괴성을 내질렀다.

키아아아악!

강력한 기파가 뻗어 나갔다.

콰아아앙!

거대한 폭발과 함께 강화뼈와 검뼈가 사방으로 흩어졌다.

['검뼈9'가 역소환됩니다.]

본래 100레벨이 넘는 몬스터는 고유의 스킬을 하나씩 지니고 있는데, 조금 전 그 기파가 바로 듀라한의 고유 기술이었다.

하필이면 범위 스킬이라 강화뼈와 검뼈 모두의 HP가 상당히 줄어버렸다, 게다가 검뼈9는 역소환을 당해버렸고.

강력한 활쏘기, 풍폭.

조금이라도 시간을 끌어야 했다.

파앙!

화살을 한 대 날려 보낸 후 지면을 찼다.

윈드 스텝.

변형을 통해 활을 검으로 바꾼 후 거리를 좁혔다. 또다시 기파를 사용하려는 모습이 보였으나 이미 무혁은 바람이 이끌어 주는 곳으로 몸을 던진 후였다.

키아아아악!

뿜어진 기파를 피해내며 듀라한에게 접근했다.

검이 놈의 옆구리를 벤다.

평소처럼 스치며 지나치려는 순간.

쫘악.

듀라한의 오른손이 무혁의 검을 쥐어버렸다. 힘을 줘서 빼보려고 했지만 무용지물. 듀라한은 꿈쩍도 하지 않았다.

검을 버리자니 찝찝했다. 짧은 고민에 휩싸인 틈을 노리며 듀라한이 박치기 공격을 가해왔다.

큽!

시야가 크게 뒤틀렸다.

쿵, 쿠웅!

박치기가 계속해서 이어졌다.

미친!

다리를 들어 양발로 듀라한의 복부를 찼다. 그래도 놈이 검을 놓아주지 않아 변형 마법을 사용해 검을 활로 바꿔 버렸다.

이후 시위를 당긴 후 화살을 걸어 쏘았다. 풍폭과 강력한 활쏘기를 사용한 덕분에 듀라한이 뒤로 밀려나면서 활을 놓쳐 버렸다. 무혁 역시 반동을 이기지 못하고 뒤로 한참이나 굴렀다.

서둘러 몸을 일으키려는 순간.

키아아아악!

기파가 날아들었다.

등에 메고 있던 방패로 앞을 막았다.

[105의 대미지를 입습니다.]×5

기파가 멈출 때까지 총 5번의 피해를 입었다. 525의 HP가 날아간 것이다.

강활, 활뼈 연사!

듀라한의 전신으로 다시 한번 뼈 화살이 수북이 꽂혔지만 놈은 조금도 신경을 쓰지 않았다. 별수 없이 HP가 가장 적은 검뼈 세 마리에게 풍폭을 건 후 앞으로 내보내 놈의 시선을 끌게 만들었다.

손에 들린 듀라한의 눈동자가 검뼈로 이동하는 것을 확인한 무혁이 스킬을 사용했다.

윈드 스텝.

크게 원을 그리며 놈의 뒤로 이동했다.

검뼈1 돌진.

검뼈1이 듀라한에게 달려들어 시선을 끈 덕분에 무혁이 조금 쉽게 놈의 뒤로 다가갈 수 있었다. 허벅지를 노리며 지나쳤기에 이번에는 듀라한의 손에 잡히지 않을 수 있었다.

물론 그사이에 공격을 당한 검뼈1이 역소환을 당했지만 어쩔 수 없는 일이었다. 애초에 피해 없이 잡는다는 것 자체가 불가능했으니까.

이번에도 검뼈 한 마리를 내보내어 듀라한의 시선을 끌도록 만들었다.

퍼억.

뒤로 이동해 놈의 옆구리를 베었다.

[203의 대미지를 입힙니다.]
[520의 추가 대미지를 입힙니다.]

빠르게 뒤로 물러섰다.

좋아, 한 번 더.

검뼈 한 마리가 다시 듀라한에게 접근했다. 무혁은 기회를 엿보다가 듀라한의 뒤로 이동을 했는데 멍청한 건 아닌지 이번에는 속지 않았다.

다가오는 검뼈를 무시한 채 무혁을 쳐다보며 기파를 사용한 것이다.

키아아아악!

빠르게 뒤로 물러났다.

"후우."

다행히 기파가 닿지 않는 거리였다. 무혁은 미간을 찌푸리며 다시 한번 같은 방법을 사용하여 듀라한의 뒤로 이동했으나 이번에도 놈은 무혁을 향해 기파를 사용했다.

누구부터 노려야 하는지를 확실하게 인지한 모습이었다.

그렇다면야.

방법을 바꾸기로 했다. 어떤 방법으로 바꿔야 할까.

간단하다.

검뼈를 무시하지 못할 이유를 만들어주면 된다.

풍폭, 풍폭, 풍폭.

남은 검뼈 전원에게 풍폭을 걸었다.

돌진.

이후 한 마리의 검뼈를 앞으로 보냈다. 그러자 듀라한이 이번에도 무혁을 먼저 확인했다. 거리가 충분함을 인지하고서야 검뼈를 공격했다.

콰앙!

닿는 순간 풍폭이 터지면서 놈에게 500이 넘는 대미지를 안겼다. 놀란 듀라한이 멈칫거리더니 또다시 다가오는 검뼈를 물 끄러미 바라봤다. 잠시 망설이는가 싶더니 이내 공격을 시도했고 이번에도 풍폭이 터지면서 대미지를 입었다.

그제야 움찔거리면서 뒤로 물러서는 듀라한이었다.

검뼈6, 앞으로.

검뼈6이 거리를 좁히자 듀라한도 물러났다. 그러더니 왼손을 들어 올렸다.

지금!

마침 놈의 얼굴이 입을 벌렸다.

파앙!

쏘아진 화살이 녀석의 입안에 꽂혔다.

[크리티컬이 터집니다.]
[1,160의 대미지를 입힙니다.]
[2,228의 추가 대미지를 입힙니다.]
[특수 상태 이상 '과다출혈'이 발동됩니다.]

엄청난 대미지를 입어서인지 듀라한이 허우적거리기 시작했다. 그 상태에서 연이어 날아오는 강활과 활뼈의 연사가 부담스러웠는지 몸을 틀어 피하거나 오른손으로 막아내는 등 정상적인 행동을 보여줬다.

다시 한번 풍폭이 걸린 검뼈를 보냈다. 어찌해야 할지 몰라 갈팡질팡하던 듀라한이 갑자기 몸을 부르르 하고 떨었는데 그 모습이 마치 화가 난 것만 같았다. 아마도 겁을 먹었다는 사실을 인정하고 싶지 않은 녀석만의 자존심이리라.

이윽고 결심을 내렸는지 괴성과 함께 지면을 강하게 찼다.

크워어어어억!

앞으로 달려든 듀라한이 왼손에 들린 머리를 거칠게 휘둘렀다. 가격당한 검뼈의 뼈가 으스러졌고 동시에 압축된 바람의 힘이 터지며 대미지를 입혔다. 마음을 단단히 먹었는지 놈은 개의치 않고 연이어 공격을 가했다.

쾅, 쿠와앙!

검뼈가 연속적으로 부서졌다.

['검뼈7'이 역소환⋯⋯.]

무혁이 검뼈를 뒤로 물리자 듀라한이 다시 기파를 쏘기 위한 움직임을 보였다. 풍폭과 강력한 활쏘기를 사용했고 강활과 활뼈에게는 연사를 지시했다. 거의 동시에 쏘아진 화살이 놈에게로 뻗어 나갔다.

키아아아악!

안타깝게도 화살이 꽂히기 전에 놈이 먼저 기파를 발사했다. 충격에 검뼈 두 마리가 부서졌고 강화뼈 한 마리도 역소환을 당했다.

그나마 다행이라면 기파를 꿰뚫은 무혁의 화살과 강활이 쏜 뼈 화살 두 대가 놈의 입속에 제대로 박혔다는 점이랄까.

[크리티컬이 터집니다.]

[1,160의 대미지를 입힙니다.]

[2,228의 추가 대미지를 입힙니다.]

…….

고통에 몸을 떨던 녀석이 또다시 기파를 사용했다.

키아아아악!

남아 있던 검뼈가 모두 죽어버렸다. 강화뼈 한 마리도 역소환을 당하면서 이제 다섯 마리의 강화뼈만이 남은 상황이었다.

HP가 모두 부족하기에 듀라한의 공격을 얼마 버티지 못하리라.

자연스럽게 남은 MP로 시선이 갔다. 풍폭을 너무 남발했는지 벌써 절반 가까이 떨어진 상태였다. 그래도 아직은 버틸 수 있다는 판단을 내리며 지휘를 이어갔다.

콰아아아앙!

메이지의 마법 공격이 다시 한번 발휘되었다.

크, 크르……!

타격을 입었는지 듀라한이 비틀거렸으나 이내 상체를 앞으로 굽히며 정면으로 달려들기 시작했다.

강화뼈 다섯 마리가 방패를 내밀었다.

쿠우웅!

막혀 버린 듀라한이 머리를 휘둘렀다.

쿵, 쿠웅!

죽은 자의 축복.

죽기 직전의 강화뼈를 살리고.

풍 폭, 강력한 활쏘기.

공격을 감행하여 녀석에게 피해를 입혔다.

그러면서 상세 정보를 확인했다.

대미지를 얼마나 입혔지?

눈대중으로 대충 계산을 마쳤다.

대략 7만.

남은 HP는 2만 수준일 것이다.

막판 스퍼트다!

놈이 이미 발광하여 공격에만 집중하기에 피할 방법은 없었다. 그렇다면 무혁도 전력을 다하여 녀석을 상대하는 수밖에 없었다.

키릭, 키리릭.

아직도 그에겐 다섯의 전사와 아홉의 궁수, 여섯의 메이지가 있었으니까.

제5장
부르탄

생각보다 더 빨리 강화뼈가 죽어버렸다.

젠장······!

이후 놈이 목표물로 삼은 건 스켈레톤 궁수였다. 거칠게 뛰어들더니 강활과 활뼈를 유린하기 시작했다.

강활1, 2 뒤로. 강활3, 활뼈 전원 연사!

활뼈1, 오른쪽으로. 강활3, 뒤로. 강활1, 2 연사!

최대한 세심하게 컨트롤하면서 죽는 속도를 늦췄다.

그러면서도 풍폭과 강력한 활쏘기를 사용한 공격을 멈추지 않았다.

죽은 자의 축복을 통해 치유도 꾸준히 시도했다.

퍼석.

그래도 스켈레톤 궁수의 수는 빠르게 줄어들었다. 애초에

HP가 낮은 탓에 어쩔 수 없는 일이었다. 남은 소환수는 강활한 마리, 그리고 메이지 여섯이 전부였다.

메이지에게 다가가 풍폭을 걸었다.

풍폭, 풍폭.

이후 물러나서 다시 시위에 화살을 건 후 놓았다.

파앙!

쏘아진 화살이 놈을 타격했다.

키아아아악!

하필 그때를 노리며 기파 공격을 시도하는 듀라한이었다. 연사 속도가 느린 무혁이기에 듀라한의 입속을 노릴 수가 없었다.

['강활1'이 역소환됩니다.]

서둘러 메이지의 상태를 확인했다.

남은 쿨타임은 3초.

윈드 스텝을 사용하여 놈과 거리를 좁혔다. 주변을 돌아다니며 시간을 끈 후 메이지에게 공격을 명령했다.

콰과과과광!

뿜어진 마법이 폭발하고.

파밧.

무혁은 먼지 사이로 몸을 던졌다. 엄청난 속도로 이동한 덕인지 먼지가 사방으로 흩어지며 시야가 확보되었다.

마침 눈에 들어온 듀라한의 뒷모습. 가까이 접근해서 옆구리를 그었다. 듀라한이 몸을 틀며 머리를 휘둘렀지만 이미 무혁은 멀어진 후였다.

키아아아악!

그러자 놈이 기파를 사용했다.

윈드 스텝으로 뒤로 빠르게 물러나면서 시위에 화살을 걸었다. 풍폭, 강력한 활쏘기!

다가오던 듀라한의 가슴에 화살이 꽂히면서 듀라한이 뒤로 한 걸음 밀려났다.

다시 움직이려고 했으나 이미 무혁은 크게 원을 그리며 움직이고 있는 상태였다.

HP가 얼마나 남았지?

상세 정보를 훑었다. 지금까지 줬던 대미지를 대략 합산해 보니 8만 정도였다. 그럼 1만이 남았다는 소리다.

이제 막바지야.

다시 한번 강력한 활쏘기를 사용했다. 그 순간 갑자기 듀라한이 몸을 틀며 무혁이 날린 화살을 피하더니 저 멀리 위치한 스켈레톤 메이지에게 접근했다.

메이지의 경우 쿨타임이 아직 남아서 아무것도 할 수가 없었다. 허무하게 역소환당하는 모습에 미간이 찌푸려졌다.

픽, 퍼벅.

물론 무혁이 뒤에서 계속 화살을 날렸지만, 놈이 반응하지를 않았다.

[202의 대미지를 입힙니다.]
[520의 추가 대미지를 입힙니다.]
…….

그래도 화살을 쏘는 것밖엔 할 수 있는 게 없었다.

뒤늦게 강력한 활쏘기 쿨타임이 돌아왔지만 이미 메이지 전원이 역소환을 당한 상태였다.

메이지의 마법을 한 번만 더 쓸 수 있었더라도 놈의 남은 HP를 상당히 깎을 수 있었을 텐데.

그런 아쉬움이 머리를 헤집었다.

스윽.

때를 맞춰 놈이 등을 돌리더니 다리를 흔들기 시작했다.

덩실, 덩실.

춤을 추기 시작한 것이다.

저 개새……!

명백한 도발이었다.

풍폭, 강력한 활쏘기, 죽은 자의 축복.

공격 스킬 전부를 사용해서 놈을 타격했다.

남은 MP는 500가량, 소환수가 없는 탓에 초당 4에서 5의

MP가 차오르고 있었지만 그래도 부족했다.

아슬아슬해.

MP 포션을 사용할 순 없었다.

한 마리를 잡을 때마다 물약을 쓴다?

미친 짓이다, 그건.

일단 최대한 버텨보자. 물약은 정말 최후의 수단이었다.

먼저 시간을 끌었다.

팡, 파앙!

화살을 쏘면서 최대한 견제했다.

덩실, 덩실.

그때까지도 춤을 추던 녀석이 갑자기 바닥을 찼다. 엄청난 점프력을 자랑하며 하늘 높이 솟구치더니 공중에서 기파를 발사했다.

키아아아아악!

피해야 하나, 막아야 하나?

머리가 빠르게 굴러간다. 남은 HP는 2천 가량, MP보다는 여유가 있으니 윈드 스텝을 사용하여 MP를 소모하는 것보다는 방패를 이용해 방어하는 것이 더 낫다고 판단을 내리며 방패로 몸을 가렸다.

하지만 무혁도 생각하지 못한 점이 있었다.

하늘 높은 곳에서 기파를 발사한 탓에 아래로 내려올수록 기파의 범위가 넓어졌는데 그 탓에 머리 위쪽을 보호할 수 없었던 것이다.

흐읍……!

HP가 1천이 넘게 줄어들었다. 그것보다 더 큰 문제는 감각이 흔들렸다는 점이다. 방패를 치우고 듀라한을 쳐다보고 있었지만 시야가 흔들려서 거리를 파악할 수가 없었다.

오고 있는 건가?

그 순간 머리에서 충격이 느껴졌다.

쿠웅!

놈이 머리를 휘두른 것이다.

[517의 대미지를 입습니다.]

바닥을 한 바퀴 구른 무혁이 미간을 찌푸리며 지면을 찼다.

윈드 스텝.

세상은 느려졌으나 여전히 시야가 어지럽다. 밀어주고 당겨주는 바람의 힘을 믿으며 가만히 몸을 맡길 뿐이었다.

몇 초의 시간이 지나니 시야가 돌아왔다. 그제야 무혁은 꽤 멀리 떨어진 듀라한을 발견할 수 있었다.

윈드 스텝을 종료한 후 시위에 화살을 걸고 놓았다. 쏘아진 화살이 놈의 지척에 떨어졌다. 연이어서 화살을 날려댔고 그중에 몇 대가 듀라한을 타격했다.

녀석이 다가오면서 명중률이 높아졌고 자연스럽게 화살이

조금 더 쉽게 놈의 신체에 닿았다. 스킬까지 사용하여 총 2천 정도의 HP를 줄였다.

나는? 남은 MP는 200가량, HP는 500 정도.

놈의 남은 HP는 예상하기로 3천.

아슬아슬한데?

MP 포션이야 아꼈지만, HP 포션까지 그럴 순 없었다. MP야 제로가 되면 그때가 되어서 먹어도 되는 거지만 HP 포션은 제로가 되는 순간 죽어버리게 되니까.

어쩔 수 없이 HP 포션을 하나 마셨다. 이번에 사용할 계획이 실패하더라도 살아남긴 해야 했으니까.

우뚝.

달아나던 무혁이 자리에 섰다. 몸을 돌려 다가오는 듀라한을 정면으로 직시했다. 지척에 도착한 듀라한이 왼손에 들린 머리를 휘둘렀고 무혁은 그것을 피하기 위해 바닥을 굴렀다.

또다시 바짝 다가와 공격을 퍼붓는 듀라한을 보며 무혁은 몸을 비틀고 바닥을 구르고 점프를 하는 등, 피하는 것에만 집중했다.

피하기만 하자, 피하기만!

반응속도가 110퍼센트를 넘은 덕분에 듀라한의 움직임이 파악이 되었다. 그래서 이처럼 피하는 것도 가능한 것이었고.

조금만 더.

듀라한의 얼굴이 서서히 일그러지기 시작했다. 분노하기 시작한 것이다.

그 순간 무혁은 뒤로 몇 바퀴나 구르며 거리를 벌렸고 냅다 달렸다.

고개를 틀어 바라보니 듀라한의 왼 손바닥 위에 얼굴이 놓인 상태였다. 기파를 사용하려는지 입이 크게 벌어졌고 무혁은 다급히 몸을 틀며 방패를 내밀었다.

키아아아악!

HP가 525나 줄었다. 그래도 물약을 먹은 덕분에 죽지는 않았다.

다행이긴 한데, 이번 계획이 통하지 않으면 죽으리라.

"후우……."

심호흡과 함께 스킬을 사용했다.

은신.

아끼고 아꼈던 세트 효과였다. 무혁의 모습이 사라졌다.

기파 공격을 마친 듀라한이 다가왔다. 왼 손바닥 위에 놓인 얼굴이 좌우로 흔들거렸다.

크르, 크르륵?

의문이 뒤섞인 괴성이었다.

자연스럽게 놈의 입이 벌어졌고.

콰아앙!

코앞에서 날아온 화살 한 대가 듀라한의 입안에 박혀 버렸다.

[크리티컬이 터집니다.]

[1,160의 대미지를 입힙니다.]

[2,228의 추가 대미지를 입힙니다.]

[경험치가 상승합니다.]

[듀라한 처치.(1/200)]

떠오른 문구를 보며 안도하는 무혁이었다. 듀라한에게 다가
간 무혁이 사체 분해를 실시했다.

[듀라한의 뼈(×1)를 획득합니다.]

[듀라한의 뼈]

특성 : 체력

뼈를 인벤토리에 넣은 후 몬스터가 나타나지 않는 장소에
자리를 잡고 앉아 휴식을 취했다.

"하아."

생각했던 것보다 더 힘들었다.

7분 정도 걸렸나?

사냥에 걸린 시간이었다.

휴식 시간까지 포함하면 1시간에 대략 4마리 정도를 사냥
할 수 있다. 그럼 잠을 조금 줄인다고 가정하고 18시간을 사냥

하면 72마리까지 잡는 게 가능했다. 3일을 꼬박 투자하면 대략 216마리였다.

목표는 앞으로 199마리! 후우, 빠듯하겠네.

그래도 확실히 경험치는 많았다, 매우 만족스러울 정도로.

HP 물약을 쓰긴 했지만 그건 듀라한과의 전투가 처음이라서 조금 버벅거린 탓이다. 이번엔 물약을 안 쓰고 잡을 수 있을 것 같았다.

그래, 한 번 싸워보자.

인벤토리에서 1회용 제작 도구를 꺼냈다.

카앙, 캉!

3분도 되지 않아 한 자루의 대검을 완성시켰다.

괜찮네. 만족하며 경매장에 올렸다.

또 다른 검을 만들었다. 이번에는 실패.

그래도 MP와 HP가 풀로 차지 않아서 방패 하나를 더 만들었다. 그제야 휴식을 끝내고 몸을 일으킨 무혁이었다.

스켈레톤들을 전부 소환했다.

강화뼈8에게 다가간 무혁이 뼈를 하나 뽑고 그 자리에 듀라한의 뼈를 꽂았다.

[강화뼈8의 체력(0.15)이 줄어듭니다.]
[강화뼈8의 체력(0.35)이 상승합니다.]

이후 듀라한을 찾아 나섰다.

저 멀리 한 마리가 보였다. 긴장감으로 뒤덮인 기묘한 흥분을 느끼며 걸음을 내디뎠다.

무혁이 검을 허리춤에 찼다. 산뜻한 소리를 뒤로 한 채 시간을 확인했다.

오늘인가? 내일이면 보름달이 뜬다.

[듀라한 처치.(197/200)]

이제 3마리만 죽이면 퀘스트도 끝이다. 마무리를 짓기 위해 움직였다.

"소환."

스켈레톤을 모두 소환한 후 전투를 시작했다. 처음에는 무혁 본인의 목숨이 위태로울 정도로 아슬아슬한 전투를 연출했으나 지금은 그때보다 모든 면에서 조금씩 더 성장했다.

뼈를 교체함으로써 강화뼈도 강해졌고 무혁의 레벨 하나가 오름으로서 대미지도 미약하게나마 증가했다.

무엇보다도 강한 적을 상대로 한 전투 방법을 체득했다. 무작정 수로 밀어붙이는 것이 아니라, 단지 뒤로 빼고 앞으로 보내는 것이 아니라, 두 명이서 조를 이뤄 한 마리는 방어를 맡고 한 마리는 공격을 전담하는 포메이션을 구축했다.

본래는 지휘하는 게 너무 어려워서 사용하지 않고 있었는데 듀라한을 사냥하면서 다시 사용해 보니 스켈레톤들이 생각보다 어려운 용어도 잘 이해하고 따라준 덕분에 문제가 없었다.

확실히 지혜가 높아지니 좋네.

그때 놈이 덩실덩실 춤을 추기 시작했다. 그 춤을 보는 순간 미간에 힘줄이 올라왔다. 듀라한이라는 몬스터는 정말 사람을 열 받게 만드는 재주가 있었다.

볼 때마다 재수가 없어.

벌써 저 춤만 수백 번을 봤다.

후우.

고개를 흔들며 시위에 화살을 걸고 놈의 얼굴에 집중했다.

키아아……!

입이 벌어지는 순간 시위를 놓았다.

좋았어.

크리티컬이 터졌다.

강화뼈 1조는 방어, 강화뼈 2조 공격.

방어에 전담한 강화뼈가 듀라한의 공격을 막았고 뒤에 위치한 공격 전담 강화뼈가 검을 내찔러 상처를 입혔다.

10초가 흐르고.

강력한 활쏘기 쿨타임이 돌아온 무혁이 메이지를 쳐다봤다. 이틀 전 스켈레톤 메이지의 스킬 레벨이 상승하면서 7마리로 늘어났다.

불 속성이 두 마리, 얼음 속성이 두 마리, 바람 속성이 두 마리, 전기 속성이 한 마리였다.

강화뼈. 후퇴. 메이지. 마법 공격.

녀석들이 쏟아낸 마법이 듀라한을 휘감았다. 폭발을 꿰뚫고 나온 듀라한이 뒤로 물러나는 강화뼈를 쫓으려고 했지만, 무혁이 화살을 날려 막았다.

패턴이 훤하다고.

익숙해진 탓에 사냥이 어렵지 않았다.

키아아악!

그렇다고 피해가 없는 건 아니었다.

[‘검뼈3’이 역소환됩니다.]
[‘검뼈4’가 역소환······.]

여전히 대부분의 소환수가 역소환을 당하는 실정이었으니까.

그래도 처음보다 훨씬 부담이 줄어든 덕분에 사냥 속도가 빨라진 게 사실이었다.

[경험치가 상승합니다.]

[듀라한 처치.(198/200)]

이제 겨우 2마리가 남은 상황.
조금 쉬고 휴식을 취한 후 다시 사냥에 나섰다.

[듀라한 처치.(200/200)]

그리고 대략 15분이 지났을 즈음 퀘스트를 완료할 수 있었다.

['스켈레톤 전사 소환'의 레벨이 상승합니다.]
['스켈레톤 아처 소환'의 레벨이 상승합니다.]

동시에 스켈레톤 전사와 아처 소환 스킬의 레벨이 올랐다.
이제 10인가?
전사는 20마리, 궁수는 10마리, 메이지는 7마리가 되었다.
총 37마리!
흡족하게 웃고 있는데.

[이방인에게 처음으로 학살당한 듀라한의 분노가 '부르탄'에
게 전해집니다.]
[보스 몬스터 '부르탄'이 등장합니다.]

갑작스러운 메시지에 눈이 커졌다.

이런, 보스라고?

무려 105레벨의 보스 몬스터다, 그것도 상대하기 까다로운 듀라한. 잠깐 욕심이 생겼지만 이내 고개를 저었다.

혼자선 불가. 유저를 모은다면? 그래도 불가.

그 순간 번뜩하고 무언가가 떠올랐다.

아, 나무르 계곡……!

희미하게 웃으며 군마를 소환했다. 한 마리의 등에 올라탄 후 빠른 속도로 사냥터를 떠났다. 뒤늦게 본래 무혁이 있던 자리에 보스 몬스터 부르탄이 등장했다.

크, 크르?

주변을 둘러보는 부르탄이 얼굴이 손바닥 위에서 이리저리 흔들렸다.

잠시 후 위브라 제국 용병 길드 앞에서 줄을 서며 그간의 성장도를 확인했다.

스켈레톤 마스터리가 6레벨, 죽은 자의 축복이 6레벨, 명상이 7레벨, 강력한 활쏘기가 7레벨, 제작이 9레벨, 요리가 8레벨, 수리는 7레벨이었다.

공격 계열의 스킬은 마스터 레벨이 10, 마스터나 제작, 요리, 수리, 명상은 마스터 레벨이 20이었고, 소환 계열은 마스터 레벨이 100이다.

일부 기본 스킬이나 비전투 직업 스킬의 경우에는 마스터 레벨을 찍게 되면 보다 성장한 스킬을 새롭게 배우게 된다.

'강력한 활쏘기'가 바로 그런 경우에 속했다. 마스터를 찍게 되면 새로운 스킬을 배우게 되는데 그게 상당한 유용했던 것으로 기억을 한다.

그렇기에 스킬 노가다는 일루전을 즐기는 이상 피할 수 없는 요소였다.

"다음."

무혁의 차례가 되었다. 용병패를 내밀었다.

[용병 길드의 의뢰를 수행하셨습니다.]
[의뢰 난이도…….]

포인트를 꽤 획득했지만 A급 승급을 위해서는 2만 점이 필요했다.

승급은 아직 멀었지.

"의뢰를 보시겠습니까?"

"아뇨, 괜찮아요."

이미 해가 떨어진 시각이었다.

밥 먹고 들어오면 되겠네.

용병 길드에서 나와 로그아웃을 했다.

캡슐에서 나와 홈페이지 유료 정보 게시판을 확인했다.

호오.

몬스터 공략법 게시물의 조회 수가 상당히 높아져 있었다. 총 게시물이 50개였는데 하루에 대략 개당 평균 100의 조회 수가 증가하고 있었다. 조회 수를 전부 합치면 5천이고 그걸 돈으로 따지면 50만 원이다. 그중 무혁에게 떨어지는 액수는 20만 원, 한 달에 600만 원이라는 거금이 되는 것이다.

100개, 200개까지 쌓이면? 황금이 땅이 되는 것이다.

다른 유저들이 올리는 공략법은 걱정할 필요가 없다. 일루전 기업은 이런 쪽의 저작권을 확실하게 지켜주는 편이라 동일한 몬스터의 공략법이 유료 게시판에 오르면 바로 삭제를 해버린다. 그래서 무혁이 올린 50마리 몬스터의 공략법은 온전히 무혁의 것이었다.

오늘도 써볼까.

하나의 대륙이 워낙에 넓기에 각 제국이나 왕국, 또 마을에 나타나는 몬스터는 매우 다양하고 많다. 전혀 다른 특징을 지녔으나 레벨은 동일한 녀석들이 넘쳐났기에 공략법을 작성할 몬스터는 아직도 많은 편이었다.

물론 무혁이라고 모든 몬스터의 공략법을 알지는 못했지만 그래도 100레벨이 이하의 몬스터만 해도 대략 80종류는 알고 있었다.

타닥, 탁.

타자를 빠르게 쳤다.

[제목 : 아쿠아 공략법(51레벨 몬스터)]

[내용 : 씨암 왕국의 남문을 지나 바다로 향하면 51레벨의 몬스터 아쿠아를 만날 수 있다. 정령이 되지 못한 물 속성 몬스터라고 보면 되는데……]

글을 올린 후 냉장고로 향했다. 냉장고 문을 열어보았지만, 안에는 아무것도 없었다.

"……."

흐음.

분명 냉장고가 비었다는 사실을 알고 있었는데도 불구하고 왜 굳이 냉장고의 문을 열어 확인한 걸까. 정말 이해할 수 없는 일상생활의 미스터리 중 하나였다.

점퍼를 하나 걸친 후 집 근처 중국집으로 향해 짬뽕 한 그릇을 시켜 먹었다. 집으로 돌아와 다시 일루전에 접속하니 8시 40분이 되어 있었다.

9시까지 오라고 했으니 지금 가서 조금 기다리면 되리라.

삼 대 길드 중앙 광장에는 생각보다 많은 유저가 그곳에 있었다.

"그쪽도 보름달이 뜨는 밤?"

"아, 네."

"그쪽도?"

"저도요."

질문을 한 남성 유저가 무혁에게도 다가왔다.

"보름달이 뜨는 밤 퀘스트?"

"……."

무혁은 물끄러미 그를 처다봤다.

"아니세요?"

정확하게 말하자면 보름달이 뜨는 밤 퀘스트 3개를 획득하여 저주받은 몬스터라는 히든 퀘스트로 합쳐졌지만 굳이 그 사실을 말할 필요는 없었다.

"맞는데요."

"아, 맞구나. 생각보다 사람이 많죠?"

"그러네요."

대략 스무 명 정도였다.

"어떤 퀘스트일지 엄청 궁금하네. 시험도 상당히 어렵던데. 일단 통과한 유저들이니 전부 다 랭커일 테고……."

사내가 무혁을 처다봤다.

"랭커 맞죠?"

"글쎄요."

"아아, 비밀이구나."

꽤나 방정맞은 유저였다. 딱히 더 대화를 나누고 싶지 않았기에 그냥 옆을 스치고 지나갔다. 사내도 무혁의 무반응이 어깨를 으쓱이더니 다른 유저에게 다가가 또다시 말을 걸기 시작했다.

그렇게 20분이 지나 9시가 되었고 정확한 시간에 삼 대 길드장이 몇 명의 NPC와 함께 모습을 드러냈다.

"다들 모이게나."

시험을 통과한 이들이 그들의 앞으로 향했다. 주변 유저들이 중얼거렸다.

"저거 길드장 아냐?"

"맞네."

"와, 퀘스트인가?"

"부럽다. 레벨이 몇이기에……."

궁수 길드장 시몬이 마법사 길드장 아레나를 쳐다봤다.

"결계를 좀 쳐 주시죠."

"알겠어요."

아레나가 손짓하자 푸른 막이 생겨났다.

그러자 시험을 통과하지 못했음에도 호기심에 중앙으로 모였던 몇 명의 유저가 바깥으로 튕겨 나갔다. 그 모습에 결계의 내, 외부에 있던 유저들이 한심하다는 표정으로 그들을 쳐다봤다.

"어, 그, 그게……."

사기를 치려고 했던 유저들이 황급히 사라지고.

"자, 정리도 되었고. 소개부터 하지. 난 궁수 길드장 시몬이라고 하네."

"난 전사 길드장 파칸."

"저는 마법사 길드장 아레나라고 해요."

시몬이 나섰다.

"보름달은 내일 뜨지만 길이 멀어서 오늘 모이라고 했네. 일단 나무르 계곡의 초입까지만 가고 휴식을 취할 생각이야. 그리고 내일 아침 일찍부터 계곡의 정상까지 올라갈 생각이니까 다들 마음의 준비를 단단히 하도록 하게."

유저 모두가 고개를 끄덕였다.

"좋아, 그럼 출발하지."

세 명의 길드장과 그들이 각자 데리고 온 NPC가 선두에 위치했다. 그 뒤를 스무 명이 조금 안 되는 유저가 따랐다. 먼저 워프 게이트를 이용해 카르벤 왕국으로 이동했고 이내 왕국을 벗어나 필드를 거닐었다.

그때, 무혁이 시몬에게 다가갔다.

"시몬 길드장님."

"음? 어, 자네군."

"네, 그보다…… 나무르 계곡으로 가려면 카이젤 평야를 지나야 하지 않습니까?"

"그렇지, 그건 왜 묻나?"

무혁은 의문을 표하는 시몬에게 무언가를 말하기 시작했다.

"듀라한이라."

처음에는 그의 자존심을 조금 자극했는데 그건 실패로 돌아갔다. 별 반응이 없었다. 하지만 근처 마을에서 힘들게 살아가는 사람들이 위험할 수도 있다는 말에는 곧바로 반응을 해왔다.

"놈이 이름을 지녔나?"

"네, 근처의 듀라한 중에서도 가장 강한 것으로 압니다."

"그랬군. 그렇다면 정말 근처 마을이 위험할 수도 있겠어. 잠깐 기다려 보게."

"알겠습니다."

시몬이 파칸, 아레나와 대화를 나눴다. 무슨 이야기를 하는지 들리진 않았지만 그들의 표정만으로도 충분히 분위기를 파악할 수 있었다.

됐어.

곧이어 시몬이 다가왔고.

"놈을 잡기로 했네."

예상대로 긍정적인 답이 돌아왔다.

"감사합니다."

"감사는 무슨, 어차피 가는 길이니."

무혁은 그저 웃었다. 이들을 이용한다면 보스 몬스터라고 하더라도 어렵지 않다. 아니, 오히려 아주 쉽게 사냥이 가능해질 것이다. 무혁은 이곳에 있는 유저들 중에서만 1위를 차지하면 되는 것이다.

뒤쪽으로 돌아온 무혁이 함께 가고 있는 유저들을 훑었다. 이들 모두 결코 무시할 수 없다.

하나같이 그 어려운 시험을 통과한 자들이었으니까.

하지만 이들은 알지 못하는 걸 무혁은 알고 있다. 그 부분을 잘만 이용한다면 저들은 공격조차 시도하지 못하리라.

몇 가지 계획을 세운 무혁의 눈매가 반달을 그렸다.

어둠을 환하게 밝히는 달빛을 따라 1시간 정도를 걸었을 즈음.

"다 왔군."

"네."

드디어 카이젤 평야에 도착했다.

"자네가 말한 곳이 어딘가?"

"저쪽입니다."

무혁이 앞장을 섰다.

얼마 가지 않아 무혁이 손을 들어 가리켰다.

아직 상당한 거리를 두고 있었지만 5미터에 달하는 거구라 발견하지 못할 수가 없었다.

시몬이 걸음을 멈추며 손을 들었다.

"모두 주목!"

유저들이 시몬을 쳐다봤다.

"저기 보이는 듀라한은 이름을 지닌 녀석이다. 주변 마을에 피해가 갈 수도 있기에 처리하고 나아갈 생각이다. 알아두도록."

그 말에 유저들이 눈을 빛냈다.

서로를 보며 대화를 나눴다.

"네임드?"

"이름을 지녔다고 했으니까 그렇겠죠?"

"오, 대박!"

"크, 가는 길에 네임드라니."

본래는 보스이지만 정정해 줄 필요성은 느끼지 못했다. 무혁은 유저들의 대화를 무시한 채 총 37마리의 스켈레톤을 소환했다.

"스켈레톤 전사 소환."

"스켈레톤 아처 소환."

"스켈레톤 메이지 소환."

일단은 강화뼈와 검뼈에게만 풍폭을 걸고, 이후 MP가 차오른 걸 확인하고 남은 아처, 메이지에게도 풍폭을 차례대로 걸어줬다.

마침 충분히 거리가 좁혀졌고 보스 몬스터 부르탄이 이곳을 응시했다.

손가락 사이로 보이는 놈의 눈동자가 스산하게 빛나는 순간, 시몬이 공격을 명령했다.

각 길드장을 따라온 한 명의 NPC들, 그러니까 총 3명이 앞으로 나서려는 순간.

"잠시."

"음?"

무혁이 그들을 제지했다.

"일단 제가 간부터 보겠습니다."

"그럴 필요까지 있나."

어차피 이들에게야 손쉬운 몬스터일 뿐일 테니까.

"돌다리도 두드려 보고 건너야죠. 보여드릴 것도 있고요."

"보여줄 것?"

"네, 그래도 한 번은 보시는 게 좋을 것 같아서요."

"흐음."

고민할 때 밀어붙여야 한다.

"정말 잠시면 됩니다."

그러면서 소환수에게 명령을 내렸다.

팡, 파앙!

스켈레톤 아처가 뼈 화살을 날렸고 곧바로 메이지가 마법을
사용했다.

[기여도(2)가 상승합니다.]

[기여도(1)가 상승합니다.]

[기여도(6)가 상승합니다.]

[기여도…….]

피어오르는 먼지를 뚫고 달려오는 부르탄을 향해 강화뼈와 검뼈에게 포위 공격을 지시했다.

[기여도(1)가 상승합니다.]×2

당하고만 있던 부르탄이 손에 들린 머리를 휘둘렀다.
후우웅.
엄청난 파공성과 함께 검뼈들이 그것도 연속적으로 터져 나갔다.

[380의 추가 대미지를 입힙니다.]
[기여도(3)가 상승합니다.]

순식간에 검뼈가 모두 역소환되었고 강화뼈는 아직 버티며 소소한 대미지를 안겼다. 강활과 활뼈는 꾸준히 화살을 날렸다.
그즈음 지켜보던 NPC들이 다시 나섰다.
"뭐, 이 정도면 된 거 같은데."
"기술 하나가 있습니다."
"기술?"
"네, 저 녀석이 사용하는 기술이죠."
"그래 봤자……."

"그래도 한번 확인은 해보세요."

NPC들이 고개를 끄덕였다.

전원 앞으로.

남은 스켈레톤 전부가 지면을 차고 달려 보스 몬스터 부르탄의 지척에 도달했을 때.

키아아아악!

마침 놈이 기파를 사용했다.

한 방에 즉사!

조금 거리가 있던 몇 마리의 소환수는 풍폭으로 인한 대미지를 안겨주지 못했지만 나머지 대부분은 대미지를 주는 데 성공했다.

관련 메시지가 무수히 떠오른다.

"저거예요."

"으음, 확실히……."

부르탄이 사용한 기파는 NPC도 경시하지 못했다. 수십의 스켈레톤이 단번에 부서지는 모습, 그 자체만으로도 꽤나 강력한 이미지를 남겼으니까.

"적중당하면 감각이 마비되는 게 더 큰 문제죠."

"감각의 마비라."

NPC들이 고개를 끄덕였다.

다행히 수긍하는 기색이었다.

"고맙군, 참고하지."

"가자!"

세 명의 NPC가 나섰다. 무혁은 속으로 안도하며 주먹을 쥐었다.

됐어.

뒤에 있던 유저들은 급박하게 흘러가는 상황을 지켜보다 그제야 정신을 차렸다.

"기여도 봤어요?"

"네, 이거……."

다들 고개를 끄덕였다. 네임드 몬스터가 아님을 깨달은 것이다.

"보스 몬스터, 맞죠?"

"맞아요."

"그럼 우리도 빨리 싸워야죠."

"그래야죠."

마법사와 궁수들이 먼저 준비를 했다. 스킬을 사용하기 위해서 무기를 꺼내는데 그들의 앞을 시몬이 가로막았다.

"무슨 짓인가?"

"예?"

"부길드장들이 앞으로 나섰지 않나."

"아, 그게……."

"자네들의 공격에 저들이 피해를 보면 어쩌려고 그러나."

그 말에 결국 무기를 내릴 수밖에 없었다.

시몬이 자리로 돌아갔고.

"하아……"

남은 유저들이 깊은 한숨을 쉬었다.

"미치겠네, 진짜."

"젠장……!"

다들 아쉬움을 떨치지 못했다.

욕망과 탐욕이 뒤섞인, 아니, 얼룩진 표정들이었다.

[기여도 현황]

1위. 무혁(316점)

2위. 없음

그 사이 각 길드의 부길드장 세 명이 어느새 보스 몬스터 부르탄을 짓이겨 놓았다.

키아아아아악!

기파가 뿜어졌으나 그들은 너무나 여유롭게 피했다.

"마무리 하자고."

"그래."

검이 휘둘러지고.

푸화아악.

듀라한의 신체가 조각나며 찢어졌다.

[기여도 1위를 달성하였습니다.]
[보상을 획득합니다.]

당연하게도 무혁이 1위였다.
그야말로 거저먹기.
무혁은 웃으며 보상을 습득했다.

[보상으로 '특수 박스(직업)'를 획득합니다.]

무혁의 고개가 갸웃했다.
특수?
게다가 괄호 안에는 직업이라는 단어도 있었다.
뭐지, 이건?
의문과 함께 박스를 개봉했다.

['조폭 네크로맨서 전용 아이템'이 등장합니다.]
[부르탄의 두개골(특수)을 획득합니다.]

두개골이었다.

[부르탄의 두개골(특수)]
해당 몬스터의 특징을 고스란히 반영하는 두개골로 오직 조폭

네크로맨서만이 사용할 수 있다.

무혁의 입이 떡하고 벌어졌다.

허어.

해당 몬스터의 특징이 반영되는 두개골은 무혁조차도 몇 번 들어보지 못한 물건이었기 때문이다. 획득하는 법을 짐작할 수가 없어서 생각도 하고 있지 않았던 두개골이 지금 손에 들어왔다.

그 날 저녁 나무르 계곡 초입에 도착해 로그아웃한 무혁은 오늘도 홈페이지에 몬스터 공략법을 작성하고서야 잠자리에 들었다.

다음날 아침 알람 소리에 눈을 뜬 그는 아침을 간단하게 먹고 일루전에 접속했다.

현재 시각은 6시 55분. 이미 대부분의 유저가 접속을 한 상태였다, NPC도 출발할 준비를 마친 모습들이었고.

"다들 일어났나?"

마침 시몬이 다가왔다.

"아, 네."

유저들이 고개를 끄덕였고 시몬은 그들을 일일이 확인했다. 스무 명도 되지 않는 인원이라 한눈에 파악할 수 있었다.

"좋아, 지금부터 나무르 계곡을 오르도록 하겠다."

길드장과 NPC가 앞장을 선 채 험준한 계곡을 오르기 시작했다.

"와, 각도가 무슨……."

"길도 좁은데요?"

"삐끗하면 떨어지겠네요."

어느새 꽤 친해졌는지 유저들이 대화를 나눴다. 이야기를 듣고 있던 시몬이 고개를 돌려서 주의사항을 언급했다.

"보다시피 지형이 험준하다, 집중력을 잃지 말도록."

"예."

유저들이 다시 위를 올려다봤다.

이 험난한 곳을 올라야 한다.

"몬스터도 나오려나……?"

"설마요."

여기서 몬스터를 만나면 어떻게 싸워야 할까?

생각하는 것만으로도 몸서리가 쳐졌다. 다들 고개를 흔들며 상념을 털어냈다.

저벅.

좁은 길은 갈수록 더 험난해졌다.

무혁도 집중했다.

"아앗!"

그 순간 앞에 있던 여성 유저가 삐끗했는데 다행히 무혁이 뒤에서 잡아줬다.

"고, 고맙습니다."

"네, 뭐."

대략 3시간을 올랐을 즈음.

"조금만 더 가면 중간 휴식처가 나오니 힘들 내도록."

시몬의 말에 다들 안도의 한숨을 쉬었다.

"후아, 진짜 힘드네."

"정신적으로 피로하네요."

"그렇죠?"

다행히 아무런 사고 없이 중간 휴식처에 도착했다.

드넓은 공터 곳곳에 치솟은 거대한 바위가 먼저 눈길을 사로잡는다. 아래는 뭉툭했고 위로 갈수록 뾰족해졌는데 하늘에서 떨어지면 그 예리함에 몸이 꿰뚫릴 것만 같았다. 그 아래로 넓게 펼쳐진 광활한 평야를 보니 가슴이 뛰었다.

시리도록 푸른 하늘에 반짝이는 구름이 살포시 얹어진 광경은 한 폭의 그림 같았다.

"예쁘다……."

"우와."

한 명의 유저도 예외 없이 그 풍경에 감탄했다.

무혁도 마찬가지였다.

두근두근.

가슴이 폭발할 것만 같았다. 머리가 새하얗게 빈다.

어떠한 잡념도 떠오르지가 않았는데 그 무념이 희열로 다가왔다. 가슴 언저리에서 시작된 전율이 어깨를 타고 올라 목을 지나 머리끝까지 차올랐다.

이 장관을 바라보고 있노라면 그럴 수밖에 없었다.

"하아."

기묘한 탄성이 뒤섞인 한숨이었다.

"30분간 쉬도록 하지."

시몬의 말에 다들 정신을 차리고선 자리를 잡고 앉았다. 이런저런 이야기가 조금씩 들려왔지만, 무혁은 여전히 자연경관에서 눈을 떼지 못했다.

시끄러운 소음도 귀에 들어오지 않았다. 희열에 찬 전율이 지나고 남은 것은 그저 평온뿐이었다.

좋다.

가만히 눈을 감고 있는데 누군가가 다가왔다.

"저, 저기."

"음?"

평화로움이 깨지면서 살짝 짜증이 일었지만, 고개를 돌리는 순간 다시 한번 마음에 안정이 찾아왔다. 앞에 있는 여인의 미모가 방금 감탄에 마지못했던 자연경관에 비할 정도로 아름

다웠기 때문이다.

"아까는 고마웠어요."

"아, 네."

올라오는 길에 삐끗했던 유저였다.

"경치가 참 예뻐요."

"그러게요."

목소리도 얼굴만큼이나 예뻤다. 긴 생머리가 바람에 흩날리는데 그 모습에 자연스럽게 눈길이 갔다.

하지만 애초에 무뚝뚝한 무혁이 뭘 할 수 있으랴. 그저 간간히 대답하며 경관을, 그리고 그녀의 옆모습을 슬쩍 바라볼 뿐이었다.

"참, 닉네임이 어떻게 되세요?"

"네?"

"닉네임이요."

"닉네임은 왜……?"

"친구 등록이라도 하려구요."

그녀의 초롱초롱한 시선이 꽤 부담스러웠다.

"크흠, 무혁입니다."

"무혁……. 저는 예린이에요."

곧바로 메시지가 떠올랐다.

[유저 '예린'이 친구 등록을 요청합니다. 받아들이겠습니까?]

[Yes/No]

당연히 받아들였다.

"잘 부탁해요."

"아, 네."

그녀의 상쾌한 미소에 슬쩍 고개를 돌렸다.

뭐가 저렇게 예뻐?

그래도 말을 걸어주니 지루하지는 않았다. 덕분에 아주 오랜만에 제작이나 요리를 하지 않고 휴식 시간을 보낼 수 있었다. 꽤나 여유로운 시간이었다.

다시 계곡을 오르기 시작하자 길이 더 험악해졌다.

"으으, 뭐가 이렇게 힘들어?"

"떨어지면 즉사겠네, 완전."

"몬스터만 나오지 마라, 제발."

하지만 언제나 기대는 엇나가는 법.

끼아아아악!

비행 몬스터 칼독수리가 나타났다.

"저, 저거 새죠?"

"글쎄요."

그저 새이기를 희망했으나 놈은 몬스터가 분명했다. 그것도 레벨이 90에 달하는 꽤나 강력한 놈이었다.

모두 어찌할지 고민하는 표정들이었는데 한 사람, 무혁만 대수룹지 않게 여기고 있었다.

어차피 뭐, 뒤쪽엔 저들이 있지 않은가.

"파이어 스피어."

마침 마법사 길드장 아레나가 나섰다.

화아악.

그녀의 손에서 시작된 불꽃이 허공으로 뻗어 나갔고 화염은 이내 창의 형상을 갖췄다.

그것이 엄청난 속도로 쏘아졌고.

콰아앙!

강력한 폭음과 함께 90레벨의 몬스터 칼독수리의 날개를 찢어버렸다. 날개를 잃은 칼독수리는 균형을 잃고 추락하기 시작했다. 어느새 지면을 차며 하늘 높이 떠오른 전사 길드장 파칸이 놈의 등에 올라타 손에 들린 대검을 칼독수리의 머리에 박아 넣었다.

콰드득.

그리곤 대검을 뽑더니 놈의 등을 강하게 차며 다시 본래의 자리로 돌아왔다.

쿠웅.

애달픈 추락 소리가 계곡 아래서부터 들려왔다.

시몬이 아무렇지 않게 걸음을 내디딘다.

"다시 출발하지."

그의 말에 유저들이 정신을 차렸다.

"와, 대박."

"얼마나 센 거야, 도대체⋯⋯."

솔직히 의문이긴 하다. 저렇게 강한데 유저들을 왜 데리고 온 걸까? 뭔가 있겠지.

그렇게 여기며 다시 걸음을 재촉했다.

키아아악!

틈틈이 칼독수리가 모습을 드러냈지만 큰 위협이 되진 않았다. 처음과 마찬가지로 길드장들이 나서서 사전에 차단을 해버린 덕분이다.

그래서 몸을 안전하게 움직이는 데만 집중하면서 나아갈 수 있었다. 그렇게 대략 4시간을 더 나아가서야 다시 한번 휴식 시간이 돌아왔다.

"여기서 1시간만 쉬도록 하지."

배도 고픈 상태였다.

요리나 해볼까.

음식을 만든 무혁이 먼저 NPC들에게 나눠줬다.

"오오, 고맙네."

"잘 먹겠어요."

"잘 먹지."

다들 각자만의 표현으로 인사를 해왔다.

조금 남을 거 같은데⋯⋯.

고개를 돌리자 멀지 않은 곳에 여성 유저 예린이 보였다. 잠시 고민하다가 그녀에게 조심스럽게 다가갔다.

"크흠."

헛기침 소리에 그녀가 고개를 돌렸다.

눈을 마주친 무혁이 접시에 놓인 음식을 건넸다.

"좀 드실래요?"

"아, 고마워요. 안 그래도 빵만 먹어서 좀 거북했었는
데……."

그녀가 생긋 웃으며 접시를 받았다.

"잘 먹을게요."

"네, 뭐."

무혁이 다시 자리로 돌아가려는데.

"같이 먹어요."

"네?"

"어차피 저도 혼자라……."

그녀의 주변에는 뭇 남성들이 꽤 있었다.

그런데 혼자다?

의아함에 고개를 갸웃거리자 예린이 몸을 일으키더니 무혁
에게 다가갔다.

"같이 먹어요."

"아, 네."

그렇게 함께 자리를 잡고 앉는데 주변을 배회하던 남성 유
저들의 눈빛이 날카롭게 날아와 가슴에 꽂혔다. 눈빛만으로

사람을 죽일 수 있다면 아마 무혁은 이미 상당한 대미지를 입고 빈사 상태에 빠졌으리라.

"저기……."

"네?"

예린이 의아한 듯 물어왔다.

"무혁 님은 다른 사람들이랑은 왜 안 어울리세요? 보니까 계속 혼자 있던데……."

"아아, 그게 편해서요."

"혼자가요?"

"네."

"그러시구나."

예린이 고개를 끄덕였다.

무혁도 문득 궁금해졌다. 보고 있으면 그녀도 항상 혼자였다. 남자들이 항상 주변을 얼씬거렸지만 예린은 좀처럼 그들과 대화를 나누지 않았다.

"그럼 예린 님은요?"

"저요?"

"네."

"저도, 그냥……."

예린이 쑥스럽게 웃었다.

귀엽네.

쓸데없는 생각에 시선을 피했다.

묘한 동질감이랄까, 그런 게 느껴졌다. 나쁘지 않은 기분이었다.

●

해가 떨어지고서야 걸음을 멈췄다.

계곡의 정상, 그리고 끊겨 있는 길.

"이곳이 목적지라네."

시몬이 나서면서 마주 보이는 또 다른 정상을 가리켰다.

"원래는 이어져 있었지만 어떤 연유로 길이 끊겼지. 그렇다고 방심하지는 말게. 보름달이 하늘 높이 뜨면 저주받은 몬스터는 단숨에 여기를 뛰어넘을 수도 있으니까 말이야."

그 말에 유저들이 침을 삼켰다.

"우리는 그전에 놈을 처리해야만 한다네."

이제 막 보름달이 모습을 드러낸 상태였는데 가만히 바라보고 있으면 생각보다 빨리 위로 솟구치는 것을 확인할 수 있었다. 시간이 넉넉하진 않았다.

"내가 바빠서 얘기를 못 했을 수도 있고, 또 들었지만 까먹었을 염려도 있기에 주요 사항에 대해서 다시 한번 설명하도록 하겠네. 저주받은 몬스터는 스스로 보호막을 칠 수 있는데 일종의 실드라고 볼 수 있지. 색깔에 따라 특징도 다르고 말이야."

무혁은 들어보지 못한 이야기였다.

어? 뭐야?

집중해서 귀를 기울였다.

"처음 공격을 당하면 얼마후 분홍색의 막이 등장하게 되는데 그게 범위도 넓고 내구도도 아주 뛰어나지. 무엇보다 마법 공격이 아예 통하지 않는 문제점이 있어. 그래서 오직 물리 공격만으로 분홍색의 막을 깨뜨려야 하기에 전사 길드와 궁수 길드의 시험을 통과한 이들만 나서면 된다네."

무혁이 고개를 끄덕였다.

그런 거였군.

이야기는 계속되었다.

"분홍색의 막을 깨뜨리고 나면 붉은 막이 생성되는데 그건 끊겨 있는 길, 그러니까 허공에 생성되지. 역시 물리 공격만 통하기 때문에 궁수 길드의 시험에 합격한 이들만 나서면 되고. 마지막으로 생성되는 검은 막은 마법 공격만 통하기에 마법 길드의 시험을 통과한 자들이 나서면 된다네. 문제는 하나의 막이 유지되는 시간이 1분이라는 점. 그 시간이 지나도록 실드를 깨뜨리지 못하면 몬스터의 힘이 더 강해진다는 사실이라네. 그러니 자네들은 혼신의 힘을 다해야 할 것이야. 그 뒤로 또 다른 막이 생성되기는 하는데 거기까진 신경 쓸 필요가 없고, 질문 있나?"

무혁이 손을 들었다.

"뭔가?"

"왜 저희입니까?"

"아, 전에 설명을 못 들었나 보군."

"네."

"그건 실드의 색깔에 따라서 대미지를 입힐 수 있는 자들이 다르기 때문이지."

"다르다는 건……."

"예를 들자면 견습 기사 지망생의 경우 분홍색, 붉은색, 검은색 실드에는 피해를 입힐 수 있었지만 다른 실드에는 피해를 입히지 못하더군. 기사의 경우에는 오히려 그 반대였고 말이야."

"아……."

"이해가 되나?"

"네."

초반에 등장하는 막은 100레벨 아래. 후에 등장하는 막은 일정 레벨 이상의 실력자만 타격을 입힐 수 있다는 소리이리라.

"그래서 검은 막 이후에 등장하는 실드에는 신경 쓰지 않아도 된다고 하신 거군요."

"그렇지."

"그럼 막을 모두 부수게 되면……?"

"놈에게 직접 타격을 입힐 수 있게 되는데 어차피 자네들의 공격은 통하지 않으니 그 역시 신경 쓸 필요는 없네."

고개를 끄덕이는 무혁이었다.

그래도 그냥 둘 순 없지.

어쩌면 보스 몬스터처럼 공격할 경우 공헌도가 올라 순위에 따른 보상을 받을 수도 있고 그게 아니더라도 조금이라도 피해를 주면 보상이 더 증가할지도 모를 일이다.

그렇기에 무혁은 조금 욕을 먹더라도 막을 파괴한 이후 공격을 시도하기로 했다.

"자, 그럼 10분 쉬고 시작할 테니 다들 준비하세나."

휴식을 취하던 무혁이 갈팡질팡했다.

실드, 실드라.

게다가 1분이라는 제한이 존재했다.

그래, 사용하자.

무혁은 결정을 내렸다.

저벅.

유저들이 없는 곳으로 이동한 후 거대한 바위 뒤쪽에 몸을 숨겼다. 인벤토리에서 부르탄의 두개골을 꺼낸 후 다시 한번 주변을 훑었다.

"스켈레톤 전사 소환."

강화뼈 8마리와 검뼈 12마리가 등장했다. 본래는 검뼈9였으나 이제는 검뼈1이 되어버린 스켈레톤에게 다가갔다.

먼저 검뼈1의 두개골을 뽑아낸 후 그 자리에 부르탄의 두개골을 꽂았다.

메시지가 떠오른다.

[진화를 시작합니다.]
[진행도 5%…….]

평소보다 진한 긴장감에 침이 꿀꺽하고 넘어갔다.

[진행도 65%…….]

진행도는 빠르게 올라갔다. 동시에 검뼈1의 신체를 이루는 뼈도 굵어졌다.

95, 96…… 마침내 100퍼센트가 되었고.

[변화를 마칩니다.]
[1레벨당 HP의 상승분이 5에서 10으로 증가합니다.]
['부르탄'의 영향을 받아 스킬 '기파'를 획득합니다.]
['부르탄'의 특성이 적용되어 힘(15), 민첩(10), 체력(15)이 상승합니다.]
[공격력(50), 방어력(50)이 상승합니다.]
[공격 속도(5퍼센트), 이동속도(5퍼센트)가 상승합니다.]
[힘(10), 체력(10)이 상승합니다.]

떠오른 메시지에 눈동자가 흔들렸다.

허어, 상승치가……!

게다가 스킬까지 얻었다.

깊은 전율을 만끽하며 변화를 마친 검뼈1을 흐뭇하게 바라보고 있는데 녀석이 갑자기 스스로의 두개골을 툭 하고 뽑더니 왼손에 쥐었다. 그러고는 기이한 웃음소리와 함께 춤을 추기 시작했다.

덩실덩실.

순간 무혁의 미간이 힘줄이 치솟았다.

"이런, 미친……."

절로 욕이 튀어나왔다.

키, 키킥!

빌어먹게도 듀라한의 그 재수 없었던 춤과 웃음소리까지 닮아버린 것이다.

부르탄의 두개골을 꽂은 녀석은 그래도 특별한 녀석이었기에 보스 몬스터의 이름을 그대로 따서 부르탄으로 지었다.

부르탄을 포함하여 모든 소환수를 대동한 채로 나타나자 유저들의 시선이 쏠렸다.

보스 몬스터를 상대할 때 한 번 보여줬기에 격한 반응은 없었지만 그래도 여전히 놀랍다는 시선은 존재했다.

"소환수의 숫자가 참……."

"생각보다 강하기도 하고."

"보통 네크로맨서는 아니란 말이야."

"제가 보기에도……."

그들의 말을 무시한 채 자리를 잡았다.

시간이 거의 다 됐는데.

조금 더 기다리니 시몬이 몸을 일으켰다.

"모두 준비하도록."

"예."

마법사를 제외한 유저들이 각자의 무기를 꺼냈다.

앞으로 나아가는 이들은 검이나 대검, 둔기, 혹은 단검과 같은 근접용 무기를 꺼냈고 뒤쪽으로 물러난 이들은 활이나 석궁을 만지작거렸다.

시몬이 그들을 보고 고개를 끄덕였다. 그러자 마법사 길드장 아레나가 앞으로 나섰다.

"시작하겠어요."

그 말과 함께 손을 들었다.

화염으로 솟구치는 손.

거기서 시작된 거대한 불꽃이 끊겨 버린 길 너머의 세상을 집어삼켰다.

……!

엄청난 진동이라고 해야 할까, 아니면 괴성?

저주받은 몬스터의 기이한 울부짖음이 전신을 두드렸고 그 직후 분홍색의 실드가 근접 유저들의 코앞에 생성되었다.

놀란 그들이 잠깐 주춤하는 순간.

"공격을 시작하라!"

시몬의 말에 정신을 차리고 공격을 시작했다.

캉, 카아앙!

뒤쪽에 위치한 궁수 유저들 역시 마찬가지, 오직 물리 공격만으로 1분 안에 이 분홍색의 막을 깨뜨려야 한다. 그렇기에 여유를 부릴 시간은 없었다. 유저 전원이 전력을 다해서 할 수 있는 모든 것을 시도했다.

무혁도 시위에 화살을 걸었다.

어차피 겨냥할 필요도 없었기에 풍폭을 걸고 강력한 활쏘기로 바로 공격했다. 화살이 분홍색 실드를 때렸다. 미미하게 흔들리는 느낌을 받으며 다시 한번 시위에 화살을 걸고 연속적으로 쏘았다.

강활과 활뼈들은 그런 무혁의 주변에서 뼈 화살을 날렸다. 허공을 수놓은 화살들이 끝없이 이어지고.

팡, 파앙!

저 멀리 실드의 바로 앞에서는 강화뼈와 검뼈가 혼신의 힘을 다해 검을 휘두르고 있었다. 부르탄은 손에 들린 두개골로 보호막을 타격했으며 주변 유저들은 각종 스킬을 사용하며 화려함을 더했다.

그렇게 10초, 20초······.

시간이 흘렀다.

"으음."

뒤쪽에 있던 시몬의 눈매가 가늘어진다.

어느새 30초, 시간이 절반밖에 남지 않았다.

풍폭, 풍폭, 풍폭.

뼈 화살에 풍폭을 걸어줬다.

그러다 쿨타임이 돌아오면 강력한 활쏘기를 사용했다.

"10초밖에 남지 않았군."

시몬의 목소리가 고막을 파고들었다.

5초, 4초, 3초.

그 순간 분홍색 실드가 크게 흔들리더니 금이 가기 시작했다.

쩌적.

소리와 함께 실드가 부서졌다. 안도의 한숨을 내뱉을 사이도 없이 곧바로 붉은색 실드를 상대해야만 했다.

근접 유저들은 쉴 수 있었지만 무혁은 그럴 수도 없었고, 풍폭을 남발한 탓에 MP가 꽤 줄어들어서 뼈 화살에 풍폭을 걸어주기가 부담스러워졌다.

그렇다고 사용하지 않을 수도 없는 일이었다. 그러다 붉은색 실드를 깨뜨리지 못하면 저주받은 몬스터가 강해질 것이고 그 강함이 어쩌면 이곳에 있는 길드장을 넘어설지도 모를 일이었으니까.

젠장.

다시 풍폭을 걸기 시작하니 MP가 바닥을 향해 나아간다.

"아, 겁나 힘드네!"

"공격이나 해요!"

"파워샷!"

다른 유저들 역시 힘든 건 마찬가지였다. 평소에 하는 사냥을 마라톤에 비유한다면 지금 하는 행동은 100미터 단거리랄까. 그래서 더 쉽고 빠르게 지쳤다. 하지만 멈출 수 없기에 이를 악물고 버틸 뿐이었다.

"5초."

남은 시간은 촉박했고.

쩌적.

그제야 금이 갔다.

"조금만 더!"

결국 붉은색 실드를 깨뜨렸고 이제 마지막 검은색 실드만 남겨놓았다.

마법사 유저들이 나서며 준비했던 마법을 발사했다. 무혁 역시 메이지에게 공격을 명령했다. 여러 속성이 어우러지면서 한순간 하늘을 가득 채웠고 그것이 전부 검은색 막에 닿았다.

콰아아아앙!

엄청난 폭발이 일어났다.

"후우."

이제 무혁이 할 수 있는 건 없었다. 메이지가 마법을 사용하는 걸 지켜볼 뿐이었다.

"파이어 스톰!"

"아쿠아 스피어!"

그래도 시험을 통과한 자들이라 그런지 아슬아슬하긴 했지만 결국 검은색 실드도 깨뜨렸다.

"고생했다."

이제 남은 건 NPC들의 몫이었다.

먼저 파칸이 지면을 찼다.

파밧.

높이 점프하더니 그대로 끊겨 버린 길을 뛰어넘었다.

휘둘러지는 대검.

공기를 찢어버리는 소리 이후 둔탁함이 울렸다.

카아앙!

뒤쪽에 있던 시몬은 활을 들었다.

"후읍……!"

손가락과 손가락 사이에 화살을 두 개씩 끼웠다. 총 8대의 화살을 시위에 걸었고 그 상태에서 실드를 노리며 시위를 놓았다.

뻗어 나가는 여덟 대의 화살이 엄청난 속도로 회전했고 그 탓에 주변 공기가 회오리쳤다. 마치 여덟 개의 토네이도가 실드를 향해 뻗어 나가는 형상이었다.

그 파괴력 역시 대단했다. 실드를 두드리는 순간 공기가 떨리며 엄청난 후폭풍을 안겨줬으니까.

그 직후 쩌적 하는 소리가 들렸다. 곧바로 파칸을 비롯한

NPC들이 되돌아왔고 뒤이어 아레나가 나섰다.

"파이어 스톤."

그녀는 모든 것을 부서뜨리고 불태울 강력한 마법을 사용했다.

허공에서 생성된 불타오르는 바위는 거칠 것 없이 실드를 내려찍었다.

쾅, 콰아아앙!

폭발의 여파가 이곳까지 날아왔다.

"큭!"

"허어, 무슨 열기가······."

그들은 엄청난 수준의 기술을 선보이며 남은 실드를 무차별적으로 격파해 나갔다.

"파칸!"

"알았다고."

다시 시몬과 파칸이 나섰다.

그렇게 몇 개의 실드를 더 부서뜨렸을까.

······!

어디선가 심장을 뒤흔드는 포효가 들려왔다.

두근두근.

저주받은 몬스터리라.

"모두 물러서!"

파칸이 외치며 앞으로 나섰다. 하지만 유저들은 굳어버린 채 움직이지 못했다.

도대체 이 엄청난 압박감은 뭐란 말인가.

어깨를 짓누르는 이 무게감은 도저히 버텨낼 수 있는 수준의 것이 아니었다.

저벅.

그때 한 사람이 움직였다.

무혁이었다. 그 역시 어금니를 깨문 채 버텨내고 있었다.

미쳤네, 진짜.

저주받은 몬스터는 사실 모습을 드러내지도 않은 상태였다. 그럼에도 불구하고 이 정도나 되는 기세를 뿌려댔다.

그래도 나서야지.

보상을 위해서라도 말이다.

스윽.

인벤토리에서 둔화의 독과 환각의 독, 약화의 마비와 출혈의 눈물을 꺼냈다. 강활에게 다가가 뼈 화살에 발라준 후 기회를 엿봤다.

"크읍!"

"일단 물러서자고!"

그때 파칸과 NPC가 뒤로 물러났고.

크, 크르륵.

기괴한 소리의 주인공이 그 자태를 드러냈다. 보름달이 드리워진 공간. 그곳을 지나가는 순간 놈의 진정한 정체를 확인할 수 있었다.

거대한 용, 아니, 용이 되고자 했으나 되지 못한 저주받은 몬스터. 그래서 죽지도 못한 채 살아야만 했던 '리바이버 드레이크'였다.

키아아아악!

또다시 괴성을 내지른다.

귀가 믹먹해지고, 심장이 덜컥 하고 떨어졌다.

[상태 이상 '피어'에 걸렸습니다.]
[모든 능력치(20퍼센트)가 일시적으로 하락합니다.]
[일시적으로 움직일 수 없습니다.]

무혁은 미간을 찌푸리며 명령했다.

강활, 활뼈 연사!

움직이지 못해도 그 정도는 할 수 있었으니까.

팡, 파앙!

뼈 화살이 날아가 리바이버 드레이크의 피부에 닿았다. 피부를 뚫고 들어가야 화살촉에 바른 독이 효과를 낼 수 있는데 강활과 활뼈의 대미지로는 놈의 피부를 뚫을 수 없었다. 화살이 힘없이 튕겨 나가며 우수수 바닥으로 떨어졌다.

젠장……!

미처 생각하지 못한 부분이었다.

나라도 움직여야 해.

입술을 깨물며 손을 움직이려고 애썼지만, 아직도 몸이 굳어버린 상태였다. 조금 더 애를 쓰자 손가락이 꿈틀거렸다.

[강력한 의지로 피어에 저항합니다.]

느리지만 분명히 손이 올라갔다.

스윽.

천천히 화살의 촉에 환각의 독을 발랐다.

풍폭, 강력한 활쏘기.

화살이 허공을 꿰뚫고 쏘아졌다.

[1의 대미지를 입힙니다.]
[1의 추가 대미지를 입힙니다.]
[기여도(0점)가 상승합니다.]

하지만 놈의 피부를 뚫지 못했다.

빌어먹을.

그 순간 놈이 하늘로 솟구치더니 끊겨 버린 길을 뛰어넘어 날아왔다. 아레나가 마법을 사용해 저지하려 했으나 실패했다.

"이런, 막아!"

파칸이 NPC들과 함께 놈을 주위를 맴돌며 시선을 끌었다.

콰아앙!

그가 휘두흔 대검이 살점을 찢으며 상당한 타격을 입혔다.

울부짖던 리바이버 드레이크가 몸을 틀었고, 그 순간 꼬리가 휘둘러지며 파칸을 공격했다.

다급히 대검을 세워 막았지만, 그 충격에 몸이 뒤로 밀려났다.

"흐읍!"

파칸을 쫓으려는 녀석을 시몬이 저지하고 균형을 잡은 파칸이 다시 달려든다.

그야말로 용호상박.

NPC들과 놈의 대결은 치열함, 그 자체였다.

하지만 시간이 흐를수록 조금씩이지만 NPC들이 밀리는 느낌이었다. 반면 저주받은 몬스터, 리바이버 드레이크는 처음보다 훨씬 더 강해진 것 같았고.

보름달 때문인가?

이대로 가면 위험할 것 같았다.

어쩌면 NPC가 죽을지도.

그 이후에는?

당연히 유저들도 죽을 것이다. 그렇게 되지 않기 위해서라도 도움이 될 무언가가 필요했다.

아주 작은 무언가라도.

머리를 굴려보지만 좀처럼 떠오르는 게 없었다.

뭔가, 뭔가……!

그 순간 번뜩 하고 지나가는 한 가지.

아, 부르탄!

어쩌면 가능하지 않을까?

곧바로 부르탄에게 명령을 내리자 부르탄이 앞으로 나아갔다.

키키키킥.

방정맞은 웃음은 덤이었고 두개골은 당연하게도 오른손으로 쥐고 있는 상태였다. 왼손으로는 방패를 손에 쥔 채로 걸음을 내디뎠다.

두개골과 방패, 왜 두 가지를 지녔냐고? 부르탄은 검을 쓰지 않아도 되기 때문이다.

두개골을 이용하여 공격할 경우 추가로 레벨×2의 피해가 더 들어가게 되는데 그게 오히려 검을 사용하는 것보다 더 강했다.

아무튼, 부르탄이 위치를 잡은 후 두개골을 손바닥 위에 올렸다. 보기 싫은 춤사위와 함께 기파가 쏘아졌다. 상당한 범위를 자랑하는 기파가 리바이버 드레이크를 삼켰다.

크, 크륵?

직후 드레이크의 움직임이 멎었다.

[1의 대미지를 입힙니다.]×5

[기여도(0점)가 상승합니다.]

피해는 겨우 5이었으나 기파는 또 다른 효과가 있다. 공기의 떨림을 이용하여 감각을 마비시키는 것.

과연 놈에게도 통할지 의문이 들었지만, 일단은 시도해 보는 수밖에는 없었다. 그리고 결과가 바로 눈앞에 나타났다.

쿠우웅.

리바이버 드레이크가 쓰러진 것이다.

[리바이버 드레이크의 감각을 마비시킵니다.]
[기여도(50)가 상승합니다.]

무혁이 외쳤다.

"제 기술이니 다들 공격하세요!"

각 길드장들의 눈이 커졌다.

"호오, 고맙군."

"좋아!"

그들의 무차별적인 공격이 잠시 이어졌다.

콰과과광!

충격에 움찔거리던 리바이버 드레이크가 고개를 털며 몸을 일으키기 시작했다.

부르탄의 상태창을 불러와 기파의 쿨타임을 확인했다.

[기파]
공기의 떨림을 이용하여 물리적인 타격을 입히며 또한 감각을

마비시키는 효과가 있다.

　-쿨타임 : 60초

　현재 남은 쿨타임은 45초가량.

　"45초 후에 다시 들어갑니다!"

　무혁의 외침에 다들 고개를 끄덕이며 리바이버 드레이크의 시선을 끌었다. 다시 한번 엇비슷한 수준의 치열한 접전이 이어졌다. 45초 후 무혁이 다시 명령했다.

　부르탄, 기파.

　부르탄의 오른 손바닥에 위에 오른 두개골의 관절이 딸그락거리더니 그곳에서부터 기파가 뿜어졌다.

　[1의 대미지를 입힙니다]×5

　[기여도(0점)가 상승합니다.]

　[리바이버 드레이크의 감각을 마비시킵니다.]

　[기여도(50)가 상승합니다.]

　다시 한번 공격이 성공했고.

　크, 크르륵……?

　이번에도 리바이버 드레이크는 비틀거리며 쓰러졌다. 길드장을 비롯한 NPC들의 공격이 시작되었다. 하지만 이번에도 리바이버 드레이크는 일어났다. 또 쿨타임 동안 시간을 벌어 다시 기파를 사용했다.

그런 과정을 대략 10번 정도 반복했을 즈음.

콰아아앙!

거대한 폭음과 함께 메시지가 떠올랐다.

[경험치가 상승합니다.]
[레벨이 상승합니다.]

놈을 처치하는 순간이었다.

뒤늦게 떠오른 메시지가 시야를 어지럽혔다.

[퀘스트 '저주받은 몬스터(히든)'를 완료합니다.]
[대량의 경험치를 획득합니다.]
[엄청난 수준의 차이를 뒤집고 기여도를 획득하는 업적을 달성합니다.]
[업적 포인트(50)를 획득합니다.]

이제 남은 보상은 길드장에게 받으면 될 것이다.

세 명의 길드장이 다가왔다.

저벅.

그들 모두가 무혁을 빤히 바라봤다.

"고생했네, 정말."

"고맙군."

"큰 도움이 되었어요."

세 사람의 말에 무혁이 웃으며 고개를 끄덕였다.

"자, 그러면."

뒤이어 시몬이 고개를 들며 무혁을 포함한 모든 유저를 바라봤다. 그들 역시 기대에 찬 시선으로 시몬을 쳐다봤고.

"시험을 통과한 이들에게 합당한 보당을 내리도록 하지. 일단 자네들부터."

시몬이 품에서 작은 상자를 꺼내더니 전사 길드의 시험을 통과하여 퀘스트에 합류한 유저들에게 하나씩 나눠줬다.

그것을 받은 유저들의 눈이 휘둥그레졌다. 만족스러운 표정을 지으며 하하호호 떠들기 시작했다.

그제야 시몬이 무혁에게 다가왔다.

"자네는……."

내심 기대했다.

이상한 메시지를 받기는 했지만 그게 전부는 아니니라.

"아주 특별한 선물을 주겠네."

"특별한 선물이라면……?"

"최근에 발견한 신비로운 장소의 위치라네. 그런데 지금 자네의 실력으로는 가기가 어려울 것 같군. 그러니 조금 더 성장하면 알려주겠네."

그 순간 메시지가 떠올랐다.

[퀘스트(레벨 제한 105)를 받을 수 없습니다.]
[퀘스트가 미뤄집니다.]

무혁의 눈이 커졌다.

"……."

마치 사기를 당한 기분이랄까.

그렇게 개고생을 했는데……!

몸이 부들부들 떨려왔다. 당장 눈앞에 있는 시몬의 얼굴을 주먹으로 한 대 갈겨 버리고 싶었지만 꾸욱 참으면서 억지로 미소를 지어 보였다.

그래, 무려 105레벨 퀘스트니까 뭔가가 있긴 할 거다.

그래도 뒤통수를 맞은 기분이 드는 건 어쩔 수가 없었다.

"후우, 신비로운 장소라."

"아주 마음에 들 것이야."

"알겠습니다."

"그럼 조금 더 강해지면 궁수 길드로 오도록 하게."

시몬이 물러나고 파칸이 나섰다.

"모두 주목!"

그의 힘찬 목소리에 웃고 떠들던 유저들의 시선이 집중되었다.

"나도 보상을 주도록 하지."

일부 유저들의 눈이 빛났다.

"받게."

"감사합니다."

파칸이 건넨 상자 역시 작았지만, 안에 든 것은 시몬과 비교해도 절대 뒤떨어지지 않는 옵션을 자랑하는 귀한 액세서리였다.

궁수 길드 시험을 통과한 이들만 그 보상을 받을 수 있었는데 하나같이 만족스러운 표정들이었다.

당연하게도 무혁은 그들과 보상이 달랐다.

[위브라 제국의 전사 길드 공헌도(500점)를 획득합니다.]

전사 길드의 공헌도를 얻은 것이다.

음……!

이번에는 불만이 있을 수 없었다.

좋은데? 그것도 아주 많이.

"이번에는 저군요."

아레나는 무혁에게 마정석 3개를 줬다.

물론 마법 길드의 시험을 통과한 유저들은 그냥 평범한 아이템을 획득한 것으로 보였고, 불만은 없었다.

마정석은 거금을 주고서도 구하기가 어려운 진귀한 물건이었으니까.

무엇보다도 훗날 사용할 곳이 있었기에 지금 얻었다는 점에 큰 의의를 뒀다. 한마디로 말해 성공적이랄까.

"그럼 내려가지."

"예!"

모두들 만족하며 계곡을 내려갔다.

"오늘은 여기서 쉬도록 하지."

그리고 계곡의 초입에 야영지를 만들었다.

다음 날 아침 일찍 접속한 무혁은 모두와 함께 위브라 제국으로 이동했다.

"후, 도착했군."

광장 앞에서 다시 한번 길드장의 인사를 받았다.

"정말 고마웠네. 인연이 되는 날, 다시 보도록 하지."

유저들이 떠나고 무혁은 시몬의 권유에 자리에 남았다.

파칸과 아레나도 길드로 돌아갔는데 그만이 남아서 무혁에게 이런저런 이야기를 했다.

그러다 부길드장이 나와 바쁘다는 말에 고개를 끄덕이며 무혁의 어깨에 손을 얹었다.

"아무래도 가야겠군."

"네."

"성장한 후에 보도록 하지, 기대하고 있겠네."

그 말에 왠지 모르게 미간이 찌푸려졌다.

"그러죠……."

무혁은 대충 대답하며 등을 돌렸다.

언제 105레벨을 찍나 하는 걱정과 함께 걸음을 내디뎠다.

"하아."

한숨을 쉬며 신전으로 향했다. 곧바로 대신관을 만나 업적 포인트 상점으로 들어갔다. 그곳에서 공격력의 물약을 구입했다.

[업적 포인트(48)가 차감됩니다.]

[남은 업적 포인트는 2입니다.]

[공격력의 물약(x16)을 획득합니다.]

2의 포인트가 남았는데 이건 그냥 남겨두기로 했다.

물약도 아껴서 잘 쓰고 있으니.

이제 해야 할 건?

없었다.

전사 길드 공헌도는 100레벨은 넘어야 사용할 수 있었다.

잠깐 고민하다가 빠른 성장을 위해 결국 용병 길드로 향했다. 의뢰를 받아 느긋하게 한 개의 퀘스트를 깨뜨렸을 즈음 성민우가 나타났다.

"후아! 더럽게 힘들었네, 진짜."

"그래?"

"어, 근데 너 레벨은 몇이야?"

"나 89."

"허어, 또 벌어졌네."

"뭐, 상관있냐? 파티부터 하자고."

"오케이!"

그렇게 둘은 오랜만에 파티를 맺고 의뢰를 수행했다.

하루, 이틀…… 1주, 2주…….

시간이 빠르게 흘러갔다.

따뜻했던 봄이 지난 지 이미 오래, 이젠 걷기만 해도 땀이 줄줄 흐르는 무더위의 계절이었다.

본격적으로 더워지기 시작하는 7월에 들어서면서 무혁은 최대한 바깥출입을 자제했다. 24시간 벽걸이 에어컨을 빵빵하게 틀고, 밥도 대충 먹거나 아니면 배달을 시켰다.

한마디로 무혁이 외출을 하는 시간은 그나마 해가 덜 뜨거운 이른 아침, 운동을 위해 헬스장으로 향할 때뿐이었다.

물론 그때도 차를 타고 다니기 때문에 정작 해를 직접 받는 일은 아주 드물었지만 말이다.

"후아."

그래도 덥다는 게 문제였다. 차를 주차하고 집으로 올라가는 그 짧은 시간 동안 이마에 땀이 송골송골 맺혔으니까.

집으로 들어가자마자 세수부터 했다. 이후 간편한 옷으로 갈아입은 상태로 캡슐에 누웠다.

치이익.

캡슐이 닫히고.

[새로운 세상에 오신 것을 환영합니다.]

시원한 바람이 불어오는 일루전에 접속했다.

"아아, 좋구만."

일루전은 현실과 달리 1년 내내 기온이 비슷하다. 물론 지역에 따라서 온도나 환경이 다르긴 하지만 무혁이 대부분의 시간을 보내는 위브라 제국은 적당한 습도에 최저 19도, 최고 23도를 자랑하는 환상적인 곳이었다.

당연히 만족스러울 수밖에.

그때 옆에서 성민우가 등장했다.

"어, 접속했네?"

"응."

"그럼 오늘도 가자고."

"그래야지. 얼마 안 남았으니까."

현재 무혁의 레벨이 99였다.

"1업만 하면 스킬도 배우니."

"네크로맨서 스킬?"

"어. 그것도 있고, 전사 스킬도 배워야 해서."

"엥? 전사 스킬을?"

"응."

"어떻게?"

"길드 공헌도 획득하면 가능해."

"헐, 길드도 공헌도가 있구나."

"당연하지."

"대박이네! 공헌도 획득해서 다른 직업 스킬까지 배우면 완전……."

뒷말은 듣지 않아도 알 수 있었다.

사기라는 거겠지.

"그 정도는 아니고. 그냥 하위 스킬 중에서도 기본적인 것 몇 개 정도만 배울 수 있다고 해야 하나. 물론 공헌도가 엄청나게 필요하지만, 그래도 나한테는 꽤 도움이 되니까."

"아, 그렇구나."

수긍하는 성민우였다.

"뭐, 그건 그거고. 의뢰부터 받자."

"오케이!"

서둘러 용병 길드로 향했다. 줄을 서서 의뢰를 받은 후 클리어하기 위한 여정에 올랐다.

3일 후.

꽤 고되었던 의뢰 하나를 완료했다.

[용병길드의 의뢰를 수행하셨습니다.]

[의뢰 난이도(B등급)를 확인합니다.]

[용병 포인트(300점)를 획득합니다.]

[보상(경험치)을 획득합니다.]

[레벨이 상승합니다.]

덕분에 100레벨을 달성할 수 있었다.

"후, 난 갔다 올게."

"오래 걸리냐?"

"금방이야, 쉬고 있어."

"콜."

성민우를 둔 채 무혁 홀로 전사 길드를 찾아갔다.

"어서 오십시오."

"길드장님 뵈러 왔습니다만."

"길드장님이요?"

"네."

"약속은……."

"무혁이라고 하면 알 겁니다."

"잠시만 기다려주세요."

직원이 위로 올라갔다.

얼마 지나지 않아 나타난 직원이 고개를 숙였다.

"안내하겠습니다."

"아, 네."

그를 따라 위로 올라갔다.

오랜만에 만난 파칸이 무혁을 보며 환하게 웃었다.

"드디어 왔군."

"네."

길드장 파칸과 짧은 대화를 나눴다.

이런저런 수다를 떨고 있는데 부길드장이 들어오면서 이야기의 맥이 끊겼다. 그러고는 시간을 확인한 파칸이 놀라며 몸을 벌떡 일으켰다.

"아, 시간이 벌써 이렇게 됐군. 내가 일이 좀 바빠서 말이야. 더 대화를 나누고 싶은데 그럴 수가 없겠군. 필요한 스킬을 잘 습득하길 바라네. 부길드장, 잘 안내해 주게."

"알겠습니다."

집무실에서 나온 무혁은 부길드장의 안내를 받아 5층으로 올라갔다. 그곳에서 배울 수 있는 스킬을 확인할 수 있었다.

[획득 가능한 스킬]

[대쉬 1Lv(0%)]

순간적으로 짧은 거리를 좁히는 기술로 도망치는 적이나 기습적으로 공격을 시도할 때 매우 유용하다. 레벨이 상승할 때마다 기본 이동속도가 10퍼센트씩 증가한다.

-기본 이동속도×250%

-소모 MP : 75

-쿨타임 : 15초

[필요 공헌도 : 350점]

[연속 베기 1Lv(0%)]

검을 두 번 휘두른다. 레벨이 상승할 때마다 기본 공격 속도가 5퍼센트씩 상승한다.

-기본 공격 속도×180%

-소모 MP : 100

-쿨타임 : 20초

[필요 공헌도 : 400점]

[십자 베기 1Lv(0%)]

한 번의 공격으로 십자형의 상처를 입힌다. 레벨이 상승할 때마다 기본 대미지가 5퍼센트씩 상승한다.

-기본 대미지×140%

-소모 MP : 120

-쿨타임 : 25초

[필요 공헌도 : 450점]

[검 방어 1Lv(0%)]

검으로 적의 공격을 막아낸다. 레벨이 상승할 때마다 충격 흡수율이 5퍼센트씩 상승한다.

-충격 흡수율 15%

-필요 MP : 50

-쿨타임 : 7초

[필요 공헌도 : 500점]

배울 수 있는 스킬이 4개가 있었다.

흐음.

하지만 현재 공헌도가 500이었기에 1개만 배울 수 있는 상태였다. 또 언제 전사 길드 공헌도를 획득할 수 있을지 알 수 없기에 신중하게 골라야만 했다.

짧은 고민 끝에 대쉬는 제외를 했다. 윈드 스텝이 있기 때문이었다. 연속 베기는 무혁이 지니고 있는 스킬과 어울리지 않았다. 남은 건 두 가지였다.

십자 베기와 검 방어. 십자 베기는 상당히 좋다. 풍폭과 결합한다면 엄청난 대미지를 뽑아낼 수 있다.

검 방어 역시 좋다. 몬스터를 상대할 때야 별로겠지만 유저와 싸울 때는 이야기가 달라진다. 접근하는 와중에 상대 유저의 마법이나 화살 등, 원거리 공격을 검으로 방어한 후 거리를 좁힌다면? 시야를 확보할 수 있기에 적의 움직임에 즉시 대응할 수 있을 것이다..

"으음."

쉽게 선택할 수가 없어 한참을 고민했다.

그래, 검 방어도 좋긴 하지만 일단은 대미지가 먼저니까.

최종적으로 십자 베기를 택했다.

[전사 길드 공헌도(450점)를 사용합니다.]

[남은 공헌도 : 50]

[스킬 '십자 베기'를 획득합니다.]

만족스럽게 웃으며 전사 길드를 나섰다. 이제 발시언 영감에게서 새로운 소환 스킬을 배울 차례였다.

to be continued

OTHER VOICES

악마의 음악

WISHBOOKS MODERN FANTASY STORY

경우勁雨 현대 판타지 장편소설

**[악마의 목소리가 담긴 음악으로
세상에 행복을 줄 수 있을까?]**

지미 헨드릭스부터 라흐마니노프까지
꿈속에서 만나는 역사적 뮤지션!

노래를 사랑하는 소년에게 나타난 악마.
그런 소년에게 내려진 악마들의 축복.

악마의 음악

수많은 악마의 축복 속에서
세상을 향한 소년의 노래가 시작된다.